·海灵系列Ⅰ·

黑井与浠奇蓝的梦

香樊 著

花城出版社
中国·广州

图书在版编目（CIP）数据

黑井与浠奇蓝的梦 / 香樊著. -- 广州：花城出版社，2023.2
（海灵系列）
ISBN 978-7-5360-9766-7

Ⅰ. ①黑… Ⅱ. ①香… Ⅲ. ①长篇小说－中国－当代 Ⅳ. ①I247.5

中国版本图书馆CIP数据核字（2022）第171076号

出 版 人：张　懿
责任编辑：欧阳蘅　王　凯
责任校对：李道学
技术编辑：凌春梅
封面设计：张年乔
封面作画：十　墨
插　　画：黄沛云

书　　名	黑井与浠奇蓝的梦
	HEIJING YU XIQILAN DE MENG
出版发行	花城出版社
	（广州市环市东路水荫路11号）
经　　销	全国新华书店
印　　刷	深圳市福圣印刷有限公司
	（深圳市龙华区龙华街道龙苑大道联华工业区）
开　　本	787毫米×1092毫米　16开
印　　张	13　16插页
字　　数	181,000字
版　　次	2023年2月第1版　2023年2月第1次印刷
定　　价	65.00元

如发现印装质量问题，请直接与印刷厂联系调换。
购书热线：020-37604658　37602954
花城出版社网站：http://www.fcph.com.cn

如果我的勇气是鱼,
它是如此巨大和年轻,
波光粼粼的湖面也因它而更加光艳美丽。

——《一首朋克救地球》

序
foreword

孙建江

前不久,花城出版社发来"海灵系列"书稿,希望我为这个系列写个序。近来杂事繁多,无暇他顾,我只好婉言谢绝。出版社编辑很执着,并不想放过我,反复说,这是一部不乏特点的主题出版儿童文学作品,希望我先看看作品,写不写序再说。花城出版社是国内文学出版重镇,推出过众多文学精品图书。近年来,花城出版社开始涉足儿童文学作品出版,我曾受邀为花城出版社主编过"来了·小花城"原创儿童文学书系。因为这层关系,我也不好再推辞,只好应承了下来。

三四年前,《中国新闻出版广电报》记者问我对主题出版的看法,我曾表示:主题出版将会变得越来越重要,会形成新的出版增长点。之所以这么说,是因为有不少人仅仅视主题出版为一种"任务"。我不这么看。我觉得主题出版既是一种要求,也是一种需要,更是一种引领。主题出版是中国出版业在改革实践中探索出的一条新路,是具有鲜明中国特色的一种出版形态,是"举旗帜、聚民心、育新人、兴文化、展形象"的重要抓手,其核心意蕴是突出政治、强化导向、服务大局。这决定了相当一段时期内主题出版在中国出版业发展、创新、深化中的主导地位和引领作用。可以说,主题出版在出版社的年度规划、资金保障、适时推出、后期宣传等的扶持力度上应该都不是问题。但我觉得,除了内容导向,要紧的还是出版社的主题出版是否符合出版规律,是否契合读者的需要,是否"有温度、有深度、有力度",恐怕这点也是最难的。而这,恰恰是对出版人出版智慧的考验。

"海灵系列"属幻想特质鲜明的儿童文学长篇系列。目前作者已完成前两部,第一部《黑井与浠奇蓝的梦》,约18万字;第二部《白雾之海》,约30万字。第三部《龙女殇》在创作中。作者香樊我比较陌生,只能就已完成的两部作品本身谈点印象。

这是一个以海洋世界为创作背景的长篇系列,讲述的是一个拥有海灵视觉、知觉和感觉的小男孩艾尔肯,与海洋灵类一起与破坏海洋环境的恶势力做斗争,避免海洋生命毁灭,共同保护海洋生态的故事。

在《黑井与浠奇蓝的梦》中,男孩艾尔肯在与家人的一次寻常出游中,他的意念进入一条地图鱼身上,从而拥有了鱼儿的身体。在河里适应新身体时,他居然被一条个头细小的普通鳗鱼一口吞下。但没过多久,他又被另一条鳗鱼从嘴巴吐了出来,之后,艾尔肯发现自己已经身处茫茫大海。在不断寻找回家的办法并恢复人类之身的过程中,离奇古怪的遭遇让艾尔肯成为唯一拥有人类灵体的海灵。然而,当回归的时机到来,他却毅然选择了放弃。在人类对自然资源的攫取不知不觉进入失速的态势下,为了海洋生命的存续发展,海灵们逐渐站到人类的对立面,矛盾冲突也接踵而来。在大海灵白似水的帮助下,唤醒前代海灵浠奇蓝记忆的艾尔肯终于知晓自己的使命。

《白雾之海》中,故事进一步发展。在大海灵白似水的授意下,为了寻找"东木海之光"海灵,也为了让艾尔肯融合其他四大海洋的瞳灵之力,艾尔肯、红澎澎以及漠尔(大鱿鱼,地中海海灵)一起踏上万里海途:在地中海,他们合力擒获海魇魔多瀑(鲅鳒),成功解救了被杀人蟹群袭击的海洋生物科研队。在玄海,他们亲历独角鲸一族被发疯了的虎鲸围猎的惨剧,并在玄海冰原上找到惨剧的始作俑者;在西金海,艾尔肯得到大海灵滶浆暗中支持,终于融合了海灵横水的瞳力,却又惊闻赤海瞳灵泷泽失踪的消息。一群海洋小动物们聚合了海洋灵气之力,勇于和海洋恶魔对抗,尽管惊险不断，但每次惊险他们都以智慧和胆识给予化解，转危为安。

显而易见，作者试图表达这样一种愿景：呼吁人们爱护海洋与自然生命，传递生态文明、生命互重的意识，树立人与自然和谐相处的理念。

为此，作者在故事的丰富、奇特和可读性方面做了不少努力。

小男孩艾尔肯如何拥有海灵视觉、知觉和感觉？这是吸引读者的一个关键。暑假结束之前，艾尔肯随爸爸妈妈出游。他们开着越野车，往新疆西端的乌恰挺进，途经阿克苏河，然后，他们迎着昆仑雪山一路向西，来到小海子水库。库区西海湾景色迷人，他们一家把车子停靠在了岸边。艾尔肯从车上搬出水箱，地图鱼悄悄地说话了，恳求艾尔肯把它放进河里。回到河水里的地图鱼游几下又回到艾尔肯身边，艾尔肯的手指碰到地图鱼时，奇迹发生了：艾尔肯被地图鱼发出的气泡缠绕，将他的身体稳稳地托在水里，此时，原本就是海灵的地图鱼运用自身灵力，与艾尔肯的灵体合体。爸爸妈妈把生病似的艾尔肯从海边带去医院救治，而融合了艾尔肯灵体的地图鱼则回到海洋。自此，以地图鱼的形态，艾尔肯开启了惊险重重的海洋之旅。这种写实中的幻想处理，使得儿童读者从一开始就置身于作者营造的特定的艺术氛围之中。

儿童生来充满好奇心，对他们不曾见过和不曾听说过的事物满怀期待。作者让小男孩艾尔肯拥有海灵视觉、知觉和感觉，进入大海后，特别设置了一出充满悬念的海洋动物大迁徙。在大迁徙中，一只龙虾边游边唱："让龙虾为你煮汤，煮什么呢？煮巨螯蟹脚吧，用七色的海水，调出不可思议的味道，不要客气啦！请你大胆地品尝。龙虾要搬家了，搬去哪儿呢？搬去没有巨螯蟹脚的远方吧！"这里，除了有趣和新鲜，作者还特别提及"搬去没有巨螯蟹脚的远方"。龙虾为何要搬家，为何要"搬去没有巨螯蟹脚的远方"？原因当然与龙虾所处的环境被破坏、被污染有关。它们热爱自己的家园，但它们又不得不逃离自己的家园。其实，即使是巨螯蟹本身也疑点重重，七色海水正散发着不可思议的味道，谁又能说凶恶的巨鳌蟹不是被污染过的海洋生物变异品种？这当然是一个人与自然环境、人与自然生命关系的严肃主题。

在故事推进过程中，作者还特别设置了不少隐喻。比如"黑井"的讲述。

黑井是一口被人类弃置的海底油井，对海洋造成长久的污染。为了解决这个人类留下的难题，成为海灵后的艾尔肯和小海灵红淼淼联合各式各样的海洋动物，以海洋奇观的形态，实施了一场费时耗力的海洋拯救行动。但不无讽刺的是，人类似乎只看到奇观的表象："到这片海域来观光、捕鱼、探险的，人数倒也不少，一拨紧接一拨，场面甚是热闹。黑井的泄漏依旧不间断地发生，这也是明摆着的事实。但所有的人，好像都视而不见——人们似乎都在忙于那些比这更为迫切的事情。对于这种级别的'海洋奇观'，凭借着对人类的了解，艾尔肯当然知道，全世界的媒体，包括电视、报纸、互联网等等，在不短的时间内，肯定会成为一个被广泛热议的话题。但遗忘也是必然的。他害怕在泄漏还没封堵处理前，这里就被人们忘得一干二净。那样一来，海族动物们的努力便会付诸东流。"

无疑，这样的隐喻，来自于现实；同时，又反过来警示着现实。

让生命的童年参与到宏大主题的思索之中。

这是我的故事，都与己相关。

是为序。

2022年10月8日
杭州柳营

（孙建江：学者、作家、出版人，中国寓言文学研究会会长。）

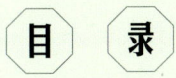

contents

1	第一章	不可思议的……
33	第二章	回忆
51	第三章	红淳淳与水滴鱼波波
79	第四章	龙女灵洼
107	第五章	被海魇魔伏击
137	第六章	白似水的珊瑚虫之家
167	第七章	黑井与浠奇蓝的梦
195	第八章	海之戏法

第一章 不可思议的……

1

"喂!等一下!"

"喂!等一下!你们到底要去哪里?"一番忙乱的左躲右闪,艾尔肯终于拦在一群沙丁鱼的前面并大声询问。

以他现在的个头,跟沙丁鱼比起来显然已经大了不少,但庞大沙丁鱼群游动时带起的水流依然让他左摇右晃。沙丁鱼没有回答。还没来得及问出第二个问题,他便不由自主地被卷入鱼群形成的圆形涡流中。

身处涡流,艾尔肯根本无法跟上沙丁鱼游动的节奏,乱流也总是毫无征兆,涌得他头晕目眩。不过,他很快便适应过来——就在不久前,老爸陪他坐过一回海盗船,对于类似的眩晕感,他还是有点儿抵抗力的。艾尔肯心里想,要是那次能再玩儿一下过山车,现在就不会"晕浪"啦!只是他还不知道,自己还没到可以"玩儿"过山车的年龄呢。

"噢,噢噢,你们不要小瞧我!"混在沙丁鱼群里,艾尔肯一边大喊一边摆动身体迎合水流，没过多久，他便开始游得有模有样了，他还发现，只要自己顺应水势紧跟着鱼群向前滑行，便可省力不少。但尽管如此，他还是被抛下了——翻滚的鱼群有如快速旋转的巨大风车，几个起落之后，它们已经远去得只剩一团模糊的背影。

"嘿！等我练好水性，"他有些不高兴，朝着鱼群消失的方向高声大喊，"再找你们比比！"

很显然，艾尔肯又失败了——没有鱼儿能回答他任何的问题。他只能继续漫无目的地游荡，满怀着各种疑惑。

2

是的，现今的艾尔肯正身处海洋，这一点他非常清楚。

艾尔肯同样清楚另一个事实：他变成了自己以前养在鱼缸里的宠物——一条底色宝蓝、身体有着橙红色花纹鳞片的地图鱼。眼下根本用不着照镜，他都能觉察出自己的身体是椭圆形的，他的脑袋已经变成鱼头，双手化作鱼鳍，往日里那双奔跑如风的飞毛腿，则合拢成了鱼尾。记得当初，他对这条眼睛翠绿透亮的地图鱼一见倾心，便直接用自己的名字给它取名：小艾尔肯。

——真是一语中的，正如妈妈开玩笑时所说，这一回，"艾尔肯"与"小艾尔肯"真是难分彼此了。

处身于大海，艾尔肯明显感觉到，成为地图鱼后的自己水性很是不好，与此前小艾尔肯的敏捷自如根本无法相提并论——他不仅搞不懂洋流暗流的走向，游动起来，他时而左支右绌时而横冲直撞，完全的身不由己，不用谁来提醒，他也知道自己"顾前失后"的游姿是有多么怪异别扭。明明是同一个身体啊！艾尔肯很是不解。

其实，这当中固然有艾尔肯的自身因素，但更多的则是作为"小艾尔肯"的地图鱼的刻意而为，艾尔肯也是经历过各种考验之后才真正明白其中原委的。

现在，一旦发现那些大个头的鱼儿从身边游过，艾尔肯便会小心翼翼，以免它们带起的水流让自己失去平衡，有那么几次，他无缘无故被不知名的大鱼撞到，等他回过神来想要理论时，大鱼们早已远去无踪了。

为了尽快适应过来，艾尔肯一边努力回忆小艾尔肯以往的游姿，一边调动所有的感官去感受这具已经属于自己的身体，功夫不负有心人（有心鱼应该更确切一些），没用多久，他已经能够平衡好自己的身体在适当的速度内自然游动了。高兴之余，艾尔肯心里突然生出这样的想法：很有可能，这片海域就是小艾尔肯原来生活的地方。

——透过地图鱼的身体，他能感受到一种源于对这个地方的熟悉和亲近所产生的自在感。

停下游动的身体，艾尔肯再次认真地四下打量，他不禁又想："要是能像爸爸那样，从小在海边长大，要是这里离海岸不远，是不是，我就能游回去了？"

然而，这注定只能是他一厢情愿的想法。

——艾尔肯是从非常遥远的内陆河流、以一种完全超出他所能理解的方式来到海洋的。

而且，也是在那条河流里，他竟然稀里糊涂地变成了地图鱼。起初，他当然感到害怕。之后又觉得惊奇。当发现自己浑身上下没有任何不适后，好比爱丽丝跌入了兔子洞，他反而感觉挺很好玩儿的。就是那个时候，一条细长的灰黑色鳗鱼张开满是细碎牙齿的嘴巴朝他游来。

艾尔肯当然不会怕它，他现在的个头比这条鳗鱼大多了，大鱼怎会怕小鱼呢！他那时还想，要不要跟这小不点儿打个招呼什么的，然而，不可思议的事情再次发生——游到面前的小鳗鱼忽然囫囵的一下，便整个儿把他吸进肚子里！

"什么？我被鳗鱼吃了？"他惊声大叫，"我被吃掉啦！"

可是，随着这声喊叫传回耳际，艾尔肯立即意识到，自己的身体似乎一点痛感都没有？于是他闭上眼睛。但过了好一会儿，想象中的巨大疼痛仍只存在于想象之中。他试着摆动尾巴和活动胸鳍。居然一切正常！他重新睁开眼睛。鳗鱼的肚洞充斥着纯粹的漆黑，根本无法看见任何东西。也是到了此时，艾尔肯方始发觉，自己正在移动——似乎，有一股异常黏滑的物质包裹住他的身体、顺着左弯右扭的肚洞不断往深处滑进，既毫不费力又身不由己，那感觉与在海洋公园滑水梯很是相像。然而，艾尔肯很快又发现，这"水梯"可不是一般的长，虽说他滑进的速度越来越快，但过了许久，那个扑通一声落入水池的设想却始终没有如期而至，而他唯一可做的，便是尽力保持身体平衡。

"这世上，哪有那么漫长的鳗鱼肚子！"

随着时间的推移，艾尔肯终于想到这一点了——与之相应的，他想象力丰富的小脑袋却蹦出一个替代的词语：

宇宙黑洞！

虽然艾尔肯不大懂得这个充满神秘色彩的词语中究竟包含些什么样的东西，但眼前的绝对漆黑和无止境的滑落，确实足以让他将鳗鱼的肚腹和黑洞关联在一起。不过他也知道，被黑洞无端吞没可不是好玩儿的。他尝试着分析现下的处境：如果这一切都不是做梦，那么，他确实只是被这条怪得离谱的鳗鱼怪吸入肚洞罢了，自己的意识是清醒的，身体也没有受到什么伤害，假设这条带着他移动的"滑梯"不会无穷无尽，说不定，会有个出口在它的尾巴后面？

但他很快便否定了这个设想。艾尔肯清楚记得，这种圆滚滚的条状鱼儿的尾巴，根本没有什么可供进出的洞口。没有，任何鱼儿都不会有。

一想到这里，他的心立刻慌乱起来：不会把我当成大便从屁股里拉出来吧？果真那样的话，可就臭大啦！包括塞可娜和库尔班在内，恐怕全班的伙伴都会嫌弃自己！不行不行，我绝不要做一个屁屁人，哪怕真的被黑洞吞没，起码出来后还能跟别人炫耀，自己曾经进入过神秘莫测的黑洞之中！

很显然，艾尔肯并没有想到——如果他真的身处吞噬一切物质的黑洞之中，如何能轻易出来呢！

正在艾尔肯无限放飞他的胡思乱想之际，眼前倏忽一亮，一股强劲的水流将他冲到外面。

连滚带爬的艾尔肯回头一看，还好还好，自己只是被鳗鱼从嘴巴里吐出来而已。他在水里摇了摇尾巴并划拉两下胸鳍——没事儿，感觉一切都好。那鳗鱼正慢悠悠地将嘴巴合上。

可是，眼前的鳗鱼并不是刚才把他吞进肚子的那一条，大小倒也差不多，但却是黄蓝相间又长又扁，看上去像根小彩带。艾尔肯满是疑惑地望着鳗鱼。鳗鱼也定定地盯着他看。

"如果不介意，"他对着鳗鱼一本正经地问，"麻烦解释一下，这是怎么回事？"

鳗鱼没有理他，咂巴咂巴嘴巴，它摆动身体调了个头，转眼间游走了。

平复下来，再次观察四周的状况后，艾尔肯确认，这里已经不再是原本所在的河流，放眼望去，他正身处广袤无垠的大海！新的发现让他感到兴奋，一时之间，艾尔肯竟然没有察觉，他的内心连起码的害怕都没再生出一丝一毫了。

置身于漫无边际的大海，便是如此的毫无来由，艾尔肯独自漂泊——以地图鱼的形态。

刚到这里,艾尔肯便察觉到一个奇怪的现象——无论远近,几乎他眼睛所能看到的所有鱼儿,都朝着同一个方向前进,大家你追我赶,丝毫没有停下来的意思。这情形有点儿像全民马拉松,刚起跑的选手们正热情高涨,一窝蜂地朝往既定的目标。但眼下的情形却没有那么简单。虽然这些鱼儿都没有和他有过正式的交流,但他却能感受到,不同的鱼群间一起传来相同的气息——一种无可奈何的被紧迫感主导着的压抑气息。说不定是被什么恐怖的坏家伙追赶来着。想到这里,他倒觉得这种可能性还是挺大的。

3

找不到能说得上话的鱼儿,艾尔肯难免有些失落,他也只好一边跟着鱼潮前游,一边用心体会更合适自己游动的方式。

但没过多久,海面上的热闹光景将他吸引住了。

正午的骄阳穿过透明的海水探进水里后,变成一束一束的,从下往上看,明晃晃的蔚蓝水面成了鱼儿们表演的舞台。那些活泼调皮的海豚,无疑就是这个舞台的主角——排着齐整划一的队列,它们水里水外地跳跃前游,一个看似简单却又不失优雅的动作,便已经轻而易举地蹿出老远了。羡慕望着海豚潇洒的身姿,艾尔肯不得不承认,这是自己学不来的。海豚边跳边游,看起来快活极了。此时,他记起老爸曾经跟他说过:如果看到海豚高兴的样子就以为没什么坏事发生的话,那就错了——在人的眼里,海豚的模样一向都是快乐活泼的。也就是说,它们所谓的快活都是人们一厢情愿认为的。

实际上,艾尔肯一直弄不明白老爸那话里头真正的意思。他只是毫无来由地突然记起来罢了。他也不知道眼前的海豚究竟快不快乐,但他却知道一点,现在绝对不能到海面上冲浪撒欢——就在刚才,他悄悄探出水面,见到密密麻麻的海鸟不停盘旋,几乎遮蔽了整片天空,还呱呱呱地叫个没完,当然了,他听不懂它们的意思,但他知道肯定不是友好的问候——看看那些饿急了的,那庞大的身子像巨大的冰雹一般突然从空中砸进水里,它们划拉脚蹼摇开双翼,像人一般屏住呼吸在水中潜游。这时候,海里的小鱼儿得小心了,他自己就差点儿被一只个头特大的海鸟抓住,幸好有只大海豚刚要潜回水里,顺便把他带到深深的水下。侥幸逃脱鸟口,他再也不敢游到海面去了。

迫于无奈,艾尔肯只好顺势下潜。

"去看看海底的情形好了。"

也真是祸不单行,他正这么想着时,一不小心又被撞上。好在并不怎么疼,因为撞他的鱼儿游得很慢很慢——那是一条只有脑袋的大家伙。

"哎呀哎呀,你的身体呢!"第一次见到这种只有脑袋也能活着的鱼儿,他禁不住好奇,问。

"只有头"反问他:"你喜欢晒太阳吗?"

"当然喜欢。" 艾尔肯回答。他以前在书上看到过,说地图鱼喜欢晒太阳,因此,他几乎每天都要带着小艾尔肯出去晒晒。他接着说:"但现在可不是晒太阳的好时候,再不赶紧往前游,就跟不上其他鱼儿了。"

"只有头"换了个姿势,舒适地平躺着,它一边摆动双鳍比画,一边悠然自得地对艾尔肯说:"要抓住太阳圆滚滚的脑袋。"

"抓太阳的脑袋干吗?告诉我,怎么样才能区分太阳的脑袋和身体?"

"得赶在脑袋的前面去,才能在水面上抓住太阳。"

"你去抓吧,我可不想去。" 艾尔肯更不想成为海鸟争抢的美食。

又是一个奇奇怪怪的家伙。不过,这让他记起猴子捞月的故事,他想象着这个看上去长着了不起"头脑"的大个子,它在水面上扑来扑去抓太阳的样子一定非常滑稽。

"海里的鱼儿可真是奇怪。"他小声嘀咕。

一路向着海底游去。艾尔肯看过《海洋百科》,他依稀记得里面有这样的叙述:不同的水下动物,会生活在不同的水域里,有的动物只能在很深的水底活动,不能游到水面上来,通常生活在水上层的,也很少会潜到水底之下,当然也有些例外的家伙,像什么鲸鱼鲨鱼之类的,而那些生活在淡水河里的,绝不能到海洋里去,因为海水是咸的(此时的艾尔肯,竟然忘记了有些鱼能在咸淡水之间洄游)。变成地图鱼后,自己从淡水河流一下子就来到咸水的海洋,迥然不同的环境,完全不用过渡,而他的身体却一点儿不适的感觉也没生出。这又是为什么?

想到这里时,艾尔肯不由得扑哧一笑:到现在为止,今天所发生的事情哪有一件不是不可理喻史无前例的?相比起来,区区身体的适与不适,根本就算不上什么啦……边游边想之间,突然,艾尔肯感到身后的水流剧烈涌动!

他连忙回转身体,却瞥见一大群鱼儿像陨石般朝着他猛砸过来。他被吓得呆在原地一动不动。

但不知为何,一到他的面前,整个鱼群却倏忽停下。比起之前的沙丁鱼,眼前这群鱼儿的个头显然大得多了。他定定地看着鱼群。鱼群里无数双密密麻麻的眼睛也盯着他看,它们目瞪口呆的样子傻乎乎的,全然地不知所措。

艾尔肯认真想了想,他确定自己以前在电视里见过这种鱼,大概是它们没什么特别之处,他也就没能立即记起它们的名字——姑且叫作"目瞪口呆"鱼好了(这其实是大马哈鱼)。

约莫过了一两分钟,一条个头特大的"目瞪口呆"鱼从鱼群里游出来,朝他吐了一连串的泡泡。

"这样的问候方式好新奇。"他暗自猜想,也学着吐了几个泡泡。

"笨蛋,大笨蛋。"大"目瞪口呆"鱼突然开口。

没由来地被骂,艾尔肯也莫名火起,他深吸一下,吐出一个特别大的泡泡拍在了那条鱼的脸上,说:"你才是大大的笨蛋。"

大"目瞪口呆"鱼突然一转身,"啪!"一下用鱼尾甩在他身上,把他拍到离开鱼群很远的地方,它大声喊:"挡道了,笨蛋。"接着,它们就一会儿排成一字形一会儿变成S形地游走了。

对着远去的"目瞪口呆"鱼,艾尔肯吐了一串大泡泡,心想,果然是呆头呆脑的笨蛋鱼,知道什么叫绕道行驶吗?知道什么叫礼让行人吗?居然还骂别人"笨蛋",一点儿礼貌都没有!他养的小艾尔肯可不会这样,自己说什么话它都明白,自己做什么动作它也能够理解,还是地图鱼聪明懂事得多……

他一边在心里对"目瞪口呆"鱼吐槽,一边自我安慰般胡乱想着,不知不觉间便潜到了海底。看到由珊瑚礁和各式海葵装点起来的色彩亮丽的海底世界,他立马心旷神怡起来。

4

比不上鱼儿游动的速度,海底的许多动物,往往会用自己的脚慢慢行走——如果此刻让它们移动的都可以称之为脚的话。

海星、螃蟹、猛虾蛄、海参、红海兔、蛇尾……艾尔肯不能完全说出所有动物的名字,但能一下子认出那么多来,无疑也是一件值得骄傲的事情。他挨个儿将自己班上的同学想了个遍,一番思量后,仍是觉得只有自己才能认得出和说得上那么多的动物。这得归功于他从小就对海洋世界深感兴趣,除了在书本上、电视上、网络上到处查看外,他爸爸也变着法儿地跟他科普过不少海洋知识——当然也有各种惊险刺激的海洋故事,他全都喜欢。

但他很快又产生了新的疑问:鲜活的水草海藻不缺、漂亮的珊瑚海葵还在,海底下分明还是如此正常如此生机蓬勃,可为什么大家都要离开?如若真是被追赶所致,又是谁会有那么大的能耐?

他又尝试着大声询问:"你们这是要去哪儿?"

只有一小部分的动物朝他这边看了看,绝大多数的连一点儿反应都没有。即使好不容易碰到些能说话的家伙,也都说得乱七八糟,根本无法交流。沿着海底,艾尔肯跟着动物们慢慢前游,忽然,一阵微弱而怪异的歌声传来。

循着歌声的方向游去,艾尔肯见到一只颜色鲜红满身斑点的大龙虾居然在边走边唱,他仔细听了一阵子,歌词都是翻来覆去的,就那么几句:

让龙虾为你煮汤,
煮什么呢?
煮巨螯蟹脚吧。
用七色的海水,
调出不可思议的味道,
不要客气啦!
请你大胆地品尝。
龙虾要搬家了,
搬去哪儿呢?
搬去没有巨螯蟹脚的远方吧!

"嗨,大龙虾先生!"艾尔肯向着龙虾打招呼,因为害怕它的大钳子,也就不敢过于靠近。

"谁，是谁！"龙虾显然被吓了一跳，它紧张得四下张望，还一个劲儿地挥舞着两只大小并不对称的钳子。它停下来不再赶路，也不再唱歌了。

原本只是随便问问，没料到还真的得到回应，这让艾尔肯很感高兴。对比之前那些无礼的"目瞪口呆"鱼，他觉得，或许应该对这只大龙虾更礼貌些才行。

"你好，龙虾先生，"艾尔肯让自己的声音听上去非常友好，他自我介绍说，"我叫艾尔肯·林，是一条地图鱼。"

"爱啃鱼？"

"艾尔肯，地图鱼！"

"爱啃地图？"

或许是自己的名字对它来说实在难记，艾尔肯想了想后说："好吧，其实我叫什么名字并不重要。大龙虾先生，请你告诉我，你们这是要去哪里吗？为什么……"

还没等艾尔肯说完，龙虾又开始唱起歌来——它又开始赶路了。艾尔肯正要追上去继续打听情况，不料，旁边的岩石缝里，一只大螃蟹打横钻了出来，和龙虾碰了个正着。

"注意看路，走路别太横。"龙虾不满地说。

"你们才横着走呢！"大螃蟹高高地竖起两只眼睛瞪着龙虾，"我一直都是直走的，我爷爷、我爸爸、我儿子、我孙子，我们一家子都是直行直走的！"

就这么一下子，龙虾和螃蟹之间的气氛变得剑拔弩张，过不了一会儿，它们已经挥舞着各自的钳子较起劲来，龙虾比螃蟹高，螃蟹比龙虾宽，一时半刻间，两只势均力敌的家伙竟然打得难解难分。

看着看着，艾尔肯突然意识到，自己居然能一口气想到这么多的四字词语——这可真是了不得，要是语文老师知道，肯定会表扬自己的。

他想得实在有些出神，回过头来，龙虾已经获得压倒性的胜利。螃蟹的两个大钳子已经给它扯掉了，此刻正翻着肚皮躺在水底一动不动。

　　艾尔肯为螃蟹的不幸感到伤心。要不是自己一味瞎想而错过时机，他或许能劝住它们。

　　龙虾继续唱起为你煮汤的歌儿，继续前行。

　　"大龙虾先生，那只螃蟹怎么办？"艾尔肯忍不住问道。

　　"你是谁？"

　　"我是……"

　　"你来说说，螃蟹和龙虾谁更厉害？"又一次，大龙虾不顾艾尔肯的提问。看来，他的礼貌用错对象了。

　　这是艾尔肯第一次见到螃蟹和龙虾打架。在他的家乡，海鲜并不是司空见惯的事物，不过，他以前倒也吃过不少河虾和大闸蟹，但他知道，这些并不能算是海鲜。他一边想着，一边顺口地自言自语："我倒是喜欢吃……"

　　话刚出口，艾尔肯便止住了话头。他可不想惹恼龙虾。要是他和龙虾打起架来谁会赢呢？他游得比龙虾快，不过龙虾有大钳子，这好比拿音乐家与物理学家比较谁更伟大一般，还真是说不清楚。但他的这些考虑显然有点多余，大龙虾此时的歌声已经远得听不清了。

　　接着往前，艾尔肯来到了一片海底草地上，有为数不少的海牛和绿海龟纷纷停在这里吃海草。看得出来，它们吃得很急，随便啃上几口之后，又往前游去了。

　　虽然没抱太大的希望，但艾尔肯还是朝草地上的动物们大声问："请问，你们为什么要搬走？"

　　果然没有回应。

　　突然，他被一个什么东西狠狠撞了一下。撞他的东西与他一起滑出很远，停下来时也正好浮在他身旁。艾尔肯打量了好一会才弄明白，那是一只四肢和脑袋都缩进壳内里的小海龟。

它探出脑袋，若无其事地瞄了艾尔肯一眼，等到其他的小海龟也都游了过来，它又重新把身体缩入龟壳里，变成一个让伙伴们玩耍的壳球。它们似乎玩儿得很高兴，连一旁看着的艾尔肯也跃跃欲试。小海龟们都是用头去顶其他海龟的，可他不想用自己的脑袋去撞硬邦邦的龟壳，回想起那条目瞪口呆鱼，艾尔肯打算用尾巴试试。

这回轮到另一只海龟当球，看样子，它也已经做好准备。艾尔肯猛地游向海龟，刚一靠近，他来了个轻巧的转身，尾巴在龟壳上一拍。虽然说，他现在的个头比之前在鱼缸那会要大上许多，不过他仍然害怕会疼，也就没敢使上全力。回过头来，却看到自己只把小海龟推出一段小小的距离。而近在身旁的那几只小海龟，则齐刷刷地斜着眼儿表示对他的蔑视。

再来！艾尔肯不服气地说："这下我可是认真的啦！"

他一脑门撞过去，用上了比之前多几倍的力量。小海龟立刻被撞出龟群，眨眼间不见踪影。看着那些惊得张大嘴巴的小海龟，艾尔肯昂首挺胸，心想：在戈壁滩上长大的男子汉，怎么可能输给一群小海龟？

与小海龟边游边玩，很快就轮到了他来当球了——这没什么，游戏本来就该轮流着玩儿。可糟糕的是，他没有龟壳，很快就给撞得又酸又疼。

艾尔肯冲着小海龟们大喊："不玩儿了，我不和你们玩儿了！"想了想又补充了一句，"我可不是胆小鬼，你们都有硬壳，就我没有，这不公平。"

小海龟们集体向他围成一圈，伸出舌头羞了他一阵，便自顾自地玩儿去了。

5

摆动着微微酸痛的尾巴,艾尔肯感到有些累,他不想再游下去了,任由自己漂在水里不动。

突然,一股水柱无声无息拍打在他身上,将他往前推出老远,接着传来一个苍老的声音:"偷懒的鱼儿会变成罐头。"

这是头一回有动物主动跟他说话。

那是一只非常非常老的大海龟,头颈和四肢布满皱纹,龟壳上的纹路也相当深刻。

这就是所谓的岁月的痕迹吧?呆望了老海龟一会,艾尔肯问:"您…多大年纪了?"他还发现,这只老海龟的脸庞有着那么一点儿人脸的模样。

老海龟笑嘻嘻地看着他:"很多很多岁喽,我也记不清楚啦!是388、389、390……我数到哪儿了?"

艾尔肯听得有些兴奋,他一边绕着老海龟打转一边说:"太厉害了,海龟居然可以活那么长久!我该怎么称呼您呢?"

"浜浜硬,海灵叫我浜浜硬,罐头也是邦邦硬。"

"好奇怪的名字,我可以叫您浜爷爷吗?请问,您知道大家为什么要搬走吗?"

"哦,为什么搬走呢,得让我想想。" 浜爷爷把脑袋侧向左边,又用左手(应该叫左前鳍肢)拍拍脑门,"为什么呢……哦……让我唱一首《罐头歌》好了。"

才刚说完,老海龟就真的唱起歌来:

海上来了大罐头,
大大大大的罐头。

装着魔鬼的罐头，
大大大大的罐头。
布散瘟疫的罐头，
大大大大的罐头。

小鱼不想变罐头，
小小小小的罐头。
中鱼不想变罐头，
小小小小的罐头。
大鱼不想变罐头，
小小小小的罐头。

海龟罐头、地图鱼罐头、螃蟹罐头、珊瑚罐头、海星罐头、海草罐头……

"珊瑚不能做罐头！"艾尔肯不得不打断老海龟的念叨，要不然，它很可能会这么一直不停地叨叨下去，就和邻家的那位阿姨一样恐怖。

猜得没错，它又开始重复："珊瑚不能做罐头，海龟不能做罐头，海草不能做罐头……"

"你知道我们要搬去哪里吗？"艾尔肯赶紧抓住机会打断它问。

去哪里，哪里去……
海灵去哪里，鱼儿就会去那里。
海灵要搬家，海灵说往这边走。
海灵要搬家，不能在这里逗留。
海灵要搬家，不走会变成罐头。

脏水带着瘟神涌来，不搬家就要变成罐头，海龟罐头，鲨鱼罐头……

唱完一段后，浜爷爷竟然又说唱般地继续念叨起来。

"咱们不说罐头行吗？请您告诉我，海灵是谁？"

老海龟停下来收回笑容，样子开始变得严肃："海灵是……是……是……"但它严肃地"是"了半天，却仍旧没能说出海灵究竟是谁。之后，它张开看不见牙齿的嘴巴又唱了起来：

小时候，
海灵是迷失的孩儿，
出现在大海的梦里头。
长大后，
海灵成为朋友，
与鱼儿一起在大海里畅游。
后来啊，
海灵多了一抹淡淡的乡愁，
鱼儿在这头，他在那头。
而现在，
海灵变成了一罐罐头，
梆梆硬硬的罐头，
……

"你是说，海灵死了？"趁它把话题又变成各种罐头之前，艾尔肯连忙追问。

似乎是习惯性的，浜爷爷又用那只左鳍肢拍打着光溜溜的脑袋，它想了好一会才说："海灵说要搬家，让我通知大家。"说到这时，它的眼睛猛然瞪大，"脏水涌来，快走快走！"

　　"请您不要颠三倒四地说话，可以吗？"艾尔肯有些不耐烦，"真是老糊涂了，半天都说不清楚。"他不想再理会继续唱罐头歌的老海龟，转身离开了。

　　他游向前面的海牛群，问其中的一只大海牛："你好，我是……我叫艾尔肯，你知道海灵在哪里吗？听说是海灵让你们搬家，我有些问题想要请教他。"

　　一连串的问题好像问住了这只海牛。它用脑袋碰了碰艾尔肯的脑袋，然后用又憨又大的嘴巴把艾尔肯的身体拱到另外一头大海牛的背上，继续一言不发地朝前赶去。

　　艾尔肯并不是唯一趴在那头海牛身上的，而且，他看见别的海牛背上也都附着许多小动物——有他认识的小虾小贝，也有他不认识的一些稀奇古怪的小家伙。他索性平躺在海牛身上，任它带着自己慢慢往前，他心想，既然无法问出个所以然，那就等大家都停下来再问吧，说不定，到了那边自然就会清楚啦。

　　艾尔肯也不知道为什么，自己居然笃定地认为，大家都有搬家的必要。

　　这么想着的时候，头顶上的鱼群突然出现一阵骚动。一个不安的念头随即以迅速而敏锐的形态闪现艾尔肯的心头——来麻烦事了！

6

　　前方出现几块阴沉昏暗的海水，向着同一路线迁徙的鱼群在此受到巨大的惊吓。就在此时，一队长吻真海豚冲进几股旋转前行的沙丁鱼群当中，鱼群顿时大乱，几条抹香鲸恰巧游过，一张口就吞掉不少鱼儿。

霎时间，鱼潮全乱了。

艾尔肯听到离他不远的老海龟大喊："不要慌张，不要乱游，会变成罐头，变成大罐头，变成小罐头……"说着说着声音逐渐小了下去。他猜想浜爷爷肯定又开始背起罐头诗来。没有鱼儿听它的话。或许能听懂的也没有多少。

此时，好几张巨大的渔网迅速沉入海里——原来，遮住海面光线的大家伙是拖网的捕鱼船，艾尔肯立即明白过来。渔船下网的地方选得很准，正好是一大拨鱼群集聚前游的方向，加上四周的海床相对较浅，鱼儿们实在难以躲避。

"分开，你们快分开！"一边着急地往上游，艾尔肯一边朝鱼群大喊。一时间，鱼儿竟然像真的听明白他所说的话，瞬间分成好几股。大部分鱼儿因此避开拖网的围捕，往四处逃去。但还是有些给网住了。

"应该是大规模迁徙被附近的渔民发现，捕鱼人轻易地判断出了鱼群的位置，他们肯定不会捞一网就走，说不定会对整片鱼群穷追不舍，那样的话，自己也危险了！"艾尔肯焦急地转动脑壳，以往累积的那些海洋知识，居然一下子涌进脑海。

砰、砰、砰，好几张大拖网再次齐刷刷落下，整片海洋仿佛都为之震动。看到四周高低不同的大网，艾尔肯连忙使劲，不顾一切地在慌乱的鱼群中穿梭，或许是激发出了作为鱼儿的本能，他游动的技巧竟然突飞猛进，其灵巧与迅捷，一时间简直如入无鱼之境。凭着作为人类时学到的一些知识，他很快游出了几张拖网形成的围捕范围。但他来不及高兴，再次避开自己头顶刚落下的一张大网后，他回过头来向鱼儿们大喊："别着急，注意渔网之间的空位，别撞进网里！"

说也奇怪，许多的鱼儿不论种类不论大小，好像都能依照他的所思所想，纷纷从几张大网的间隙中逃了出来。面对如此之多的捕鱼船，艾尔肯明白，如此一味地胡乱窜逃并不是办法。

但与此同时，他也清醒意识到，现在的自己只是一条小小的地图鱼，根本无能为力。然而，艾尔肯的内心依然不断自问：怎么办？这可怎么办！

他绞尽脑汁，思考着阻止渔船继续捕捞的办法。

他蓦然想起刚才海豚在海面上跳跃的场景——老爸说过，海豚是世界性的保护动物，但凡守法的渔民，都不会捕捉和伤害它们。如果让所有的海豚都跳出海面去把渔船围住，其他鱼群就有时间离开了，要是能多找几条鲸鱼帮忙就更不得了，大个子的鲸鱼一出场，准能吓一吓那些捕捞的渔民！

想到这里，也不管鱼儿们能否听懂，艾尔肯马上向大伙儿大喊："不要害怕！都听我说！所有的鲸鱼都浮到海面去，海豚们请尽量围住渔船。不用害怕，他们不会伤害你们！"然而，那些大抹香鲸根本没有理会他，自顾自地很快游得没了踪影。

幸好有海豚帮忙——它们纷纷游上水面，不停跳跃，由于数量众多，很快便将所有渔船围在中间。

渔船总算停止了作业。海里获得了暂时的安宁。

艾尔肯悄悄探出水面，偷偷观看这别出心裁的为拯救鱼儿而进行的"海豚行动"。

从外表看，天生的乐天笑脸确实让海豚显得非常友善，从它们嘴里不停哼出的悦耳声音，与空中嘈杂的鸟叫声形成鲜明的对比。一开始，海豚们只是随意绕游在一众渔船外围，并没有靠得很近，当渔船前进的速度慢下来后，它们直接分成几队，穿游于众渔船之间。至此，渔船几乎止住不动了。海面上，一群群海豚不断灵巧地转体翻腾，放眼望去，宛如群蝶穿花煞是好看。

过了一会，随着几排白色的长浪从远处涌来，海豚们四散分开——自由表演的时间到了：原本便长于跳跃的海豚，此刻身上宛若安了一双看不见的翅膀，它们跃过渔船，划过甲板，在船员的头顶上描绘出一道道拱形的"海豚桥"。

海浪逐渐平息。海豚也停下来不再跳跃。渔船上面，有些船员颇为无奈地抹着脸上海水——那是海豚带起的水珠，有些索性扒在船舷边，欣赏如同闲云般在水里轻游漫动的海豚。突然吹来一阵疾风，船上的旗帜猎猎作响。

海豚之歌此时响起。

仿佛发自海底，一个空灵的声音率先缥缈而来，随着这个声音渐成旋律渐转高亢，不少散落四下的海豚也跟声唱和起来——虽说这些声音有高有低有远有近有长有短，但却奇妙地编织出一首独特的旋律。

那是一种船员们从未听过的旋律，就连变成鱼儿的艾尔肯也无法完全听懂，然而，它的优美毋庸置疑，是人和鱼都同样认可的。领唱的其实是一只粉色海豚，此刻正探出半个脑袋在水面之上，虽然是孤零零地身处七艘渔船中间，却感觉不到它有半点儿的不自在。

好哇！也不知是哪个粗嗓门忍不住喝了一声彩，甲板上顿时响起热烈的掌声。

可能是歌唱被无端打断的缘故，粉色海豚好像有些生气，它潜回海里后又高高地跃出水面，半空中扬起的海水洒落在离它最近的一艘渔船上。

阿弥，他被海水一下子浇了一身。不过他并不生气，相反，他激动得吹起口哨："好美的海豚！"

阿弥刚过18岁，这是他头一回跟随老船长叔叔到这么远的海域捕鱼。旁边的船员见状，大笑着纷纷朝粉色海豚起哄："再来一个，再来一个。"

于是乎，一些海豚好像听懂了人们的呼唤，接二连三跳出水面玩起了泼水游戏。

与只是像"飞"的海豚不一样,那些真正会飞的海鸟,此刻干脆当起看客,它们纷纷落在船头、船舷、船桅上,安安静静的,似乎都懒得去打扰这出人与海豚的游戏。

"哇,哇——"

艾尔肯的身边,突然同时冒出一个声音。回过头他才发现,自己四周不知何时已经聚拢了许多不同种类的鱼儿——飞鱼、鲣鱼、马鲛、白枪鱼……它们出神地观看海豚表演,连逃命都忘记了。

"别看别看,赶紧走,你们赶紧走!"艾尔肯催促着这些起劲看热闹的家伙,"傻不拉叽的,刚刚还吓得东躲西藏,一遇见好玩儿的,就连命都不顾了!"

在艾尔肯的提醒和驱赶下,大家才开始继续赶路,偶尔有些特别好奇的,它们还时不时地偷偷冒出水面,回头向海豚表演的方向瞄上两眼。

7

有些船员发现鱼群逐渐远去,提醒其他人,但已经没几个人愿意去追了。

"真是怪事了,今天这情况。"甲板上,一个身材敦实的中年船员走到老船长身边,他说,"就好像,海豚在故意引开我们的注意,为其他鱼类争取时间逃脱似的。"

老船长满面风霜,腰杆却挺得笔直。他默默地抽着烟杆。他看了看蔚蓝的天空,看了看变得异常安分的海鸟。他用力地甩着帽子,试图清理掉在上面的鸟粪。他低声说:"我有同样的感觉。"

"问过了其他几条船的渔获,总体还算可以。"敦实中年也压低声音,"我发现一个共同的特点——鱼的种类很多,非常杂乱。"

"这个方向,"老船长伸长右手,朝东南方向的茫茫大海比画了一个很窄的角度,"朝往这个方向,各种各样的鱼类好像约在一起迁徙一般。"顿了顿,他回头望着敦实中年,"你认为,会是什么原因造成?"

"呃,难说得很。"沉吟一下,敦实中年接着说,"莫不是……"

"是啥呢?"一个脸面晒得赤红的青年船员凑上来探头探脑地问。被老船长严厉的眼神一瞪,他又吓得连忙远远躲开。

敦实中年接着说:"莫不是海水出了问题,逼迫这些鱼类同时在这个时候迁走?但如果海水有问题,怎么没发现大面积的死鱼?"

"我知道是怎么回事。"此时,不远处的阿弥冲老船长这边说,"有某种神秘力量,它不想让我们把海里的鱼儿都捞走,便让海豚过来阻止!"他憨厚的模样让人觉得稚嫩,但漆黑的眸子里却有着常人少有的光彩。

"那一定是妈祖娘娘。"那个红面青年又插话进来。

"哈哈,照这样说,妈祖娘娘就是那神秘力量的代名词了。"倚在船舷上,阿弥向海豚招手大喊,"你们说,对不对!"他的大喊大叫居然引来好几只海豚吱吱咻咻的回应。

"看到了吧,它们都认为我说得对嘞。"指了指回应他的海豚,阿弥一边说一边脱去上衣,"我下去和它们玩儿一下!"随即,他一个筋斗扎进水里。

"嘿嘿,看看那小子,疯得可以呀!"其他船上的船员纷纷大喊。

红面青年也跟着扎进海里。之后,越来越多的年轻船员跳了下去。一些胆大的海豚和船员们互动起来,更多的则躲在水下偷偷观看,显得既害怕又好奇,也有些海豚静静离开了。不是所有的海豚都喜欢人类啊,艾尔肯想。

最先跳下海的阿弥胆子也真是够大,居然与那只粉色海豚玩起互动来了——他时而倚着海豚在海面畅泳,时而让海豚带他潜到水下,甚至蹲在海豚头上,让海豚把他顶出海面。

老船长微眯起眼,看看鱼群离开的方向,又看看已经和海豚闹成一团的

船员，他那饱经风霜的脸庞虽然看不出波澜，但在他心底，一些往事早已如潮水一般弥漫开来。他沉声缓缓地对敦实中年说："我亲身经历过一件不同寻常的事，在四十多年前。"

　　当时的老船长还很年轻。那天一早，他和父亲一起出海，有着丰富出海经验的父亲断定，那是个适合捕鱼的好日子。可就在午后，收起渔网的父子二人正准备驾着自家的小渔船返回时，狂风暴雨骤然降临。

　　"不正常啊，看样子，是遇到什么脏东西了。"父亲担忧地说。通常，海上的暴风雨在来临之前，除了风和云的变化之外，海鸟也会及时躲藏起来，不会轻易看见它们的身影。那天的情形并不是那样。一切都来得毫无征兆。

　　"不管是什么，"他一边捆绑船上的捕具，一边大声催促驾驶室里的父亲，"赶紧离开吧！"年轻力壮的他虽然自小习惯跟随父亲出海捕鱼，但如此糟糕的状况却从没遇到过——父亲看天气的本事一向了得。

　　然而驶出不远，海面已经波涛汹涌，渔船左颠右晃举步维艰。他死死地抓住船沿。浪头以违背常理的姿态一个高过一个，夹着白色的泡沫，劈头盖脸地攻击他们。他不禁想到了年迈的母亲、年幼的弟弟，还有妻儿——儿子才刚出生啊！如果自己和父亲不幸双双遇难，那往后的日子，他们该如何生活下去！

　　船底传来莫可名状的剧震，不时发出"刺啦、刺啦"如同尖锐物划拉金属表面的刺耳声响，暗黑深沉的海水下，似乎有只怪兽非要把小船撕裂拆散才肯罢休。海水冷得出奇，浑身湿透的父子俩颤抖着，他们一边合力握紧船舵，以期稳住船身，一边在心中虔诚祈求神灵的庇佑。

　　无奈小船终于失控，它打着转儿，眼看就要被卷入黑暗深渊之际，海上游来了几只海豚。

为首的海豚看上去个头不大，但浑身上下隐隐泛着银白的辉光。它一边游向他们，一边发出一种歌唱般的声音——他当然无法听懂它唱些什么，但事后回想时，似乎从这种奇妙的歌声入耳开始，他内心的恐惧已经消弭于无形。来到小船附近，那只银光莹润的海豚便潜入深海之下，不见踪影，而跟它一起来的几只黑背海豚，则开始绕着小船四周游动，像是保护小船不被海浪吞噬一般。说也奇怪，虽然风浪犹在，但小船的晃动真的缓和不少，船底那毫无来由的震动也不知何时消失了。

　　等到风浪完全止息时，夜色已经降临。花光力气的父子俩跌坐在船上大口喘气，而那几只黑背海豚，直到此时才消失在视线尽头。

　　迎着灯塔回去，一贯寡言少语的父亲安慰老船长说："那只海豚肯定是大海的神灵，我们是大海的子民，从没做过违背大海意愿的事，他会保护我们的。"

　　躺在船上望着满天星宿，那一刻，老船长的心中充溢着前所未有的感动——除了劫后余生的庆幸，最强烈的，便是那种源于不同生命体之间迸发的友爱气息所带来的慰藉。

　　回到现实，尽管现下的情形与当年大不相同，但不知为何，这段老船长从不轻易提起的往事，此时却娓娓道出。敦实中年已经跟随老船长多年，还是第一次听说。

　　应该是巧合使然，当阿弥被嬉戏中的粉色海豚带着来到艾尔肯跟前时，走了会儿神的艾尔肯被吓了一跳，他刚想逃走，却听到阿弥笑着说："好漂亮的鱼儿，好翠绿的眼睛！看上去，哦，像地图鱼，可地图鱼不能生活在海里，个头也没这么大，你是什么鱼呢？"

　　"我叫艾尔肯，我是由……"

　　"我叫艾尔肯，我是……"

　　见对方毫无恶意，艾尔肯便想一股脑儿地告诉他关于自己的所有经历——自从变成鱼儿以来，好不容易遇到人类了，他理所当然要寻求帮助。而他也挺喜欢这位豁达开朗的大哥哥。

但到头来他却发现，自己已经无法像从前那样，一张口就能轻易发声，说出那种只属于人类的语言。哪怕只是发出一丝哑巴那样的声音，他也无法做到。

但他却能清晰听到阿弥所说的每一句话。

他着急地挥动鱼鳍。他一边摇头一边用力摆动尾巴。但一切努力都无济于事。

"好吧，不管你是什么鱼，总之，你好啊！很高兴遇见你，我叫叶阿弥，树叶的叶，阿弥陀佛的'阿弥'。"说到这里，阿弥突然意识到，如此郑重其事地跟一条鱼儿作自我介绍，似乎不大合适？但他性子一向开朗直爽，也就没有多想什么。见到眼前的鱼儿着急害怕的样子，他自然而然地伸出手掌轻抚对方的背鳍，安慰着说："别急别急，我不会抓你的，不用害怕，你可以走了。"

此刻，让叶阿弥想不到的是，他这么伸手一抚结下的情缘，却在不久的将来救了他一命。

听阿弥说完这番话，艾尔肯不禁愣了一会。他终于明白：现在的自己，确实只是一条彻头彻尾的、人类根本无法理解的、普通不过的鱼儿罢了。

回头向渔船那边看了看，阿弥有些无奈地说："我也该走了，再迟些的话，老船长叔叔可要生气啦。"

之后，包括阿弥在内，一众年轻船员陆续回到船上。老船长见已有不错的渔获，便带着所有的渔船离开了。船员们趴在栏杆上向海豚们挥手告别。好些海豚也欢快地摆动尾巴回应。

随着渔船的离去，艾尔肯也只好收拾心情，跟着鱼潮继续前游。

8

当鱼潮逐渐恢复原来的状况时,艾尔肯观察后发现,各个鱼群的损失好像都不算严重。鱼儿们的惊慌也没有持续多久。很快,它们就像忘记了刚刚发生过的事情,气氛又重新热闹起来。离他最近的小海龟们,继续你推我,我撞你。

几头饿了的长须鲸开始捕猎食物,它们猛地一头扎进鱼群内。小鱼被赶得四下乱窜。这也是没办法的事,他想,不让大鱼吃小鱼,大鱼也会饿死的。

实际上,他自己也顾不得那么多,饥饿的大鱼可没那么听话,他得小心自己不被活活吞食。

他尽量地靠近海底。可海底也有不少比自己个头大的鱼儿。经过这次事件,无论大鱼小鱼都饿了,它们纷纷开始捕食。

真是糟糕啊,要是自己能变成大鲸鱼或者大鲨鱼,那该多好!这么想着时,一头个头特大的牛鲨朝他快速游来,恍惚间,他已看到了那两排尖锐的牙齿。齿上寒光闪动!

他被吓得拼命逃窜,连该注意的姿势都忘记了,更为不妙的是,前边又有一条牛鲨朝着他夹击过来。他被两股水流涌得失去平衡,接连翻了几个跟头后,原本追他的那条牛鲨已经近在眼前!

奇怪的事情再次发生——鲨鱼在几乎碰到他身体时却忽然犹豫了一下,一转身,便咧开满嘴的尖牙朝别的方向游走了。另一条鲨鱼也是如此。

"哎哟,它们不吃我,"像是发现了新大陆,他不由得大喊大叫,"哎哟,鲨鱼居然不吃地图鱼!"

他在牛鲨群里不断游来荡去,看到几头大鲨鱼追着小鱼,但每每遇上自己时,就自动自觉地调转方向,一不留神甚至撞在其他鲨鱼的身上。被他这么一通瞎搅,最后,那几头牛鲨只好快快不乐地游往别处了。

觅食的时间很快过去,乱作一团的大鱼小鱼开始安静下来。想到之前遭遇渔船的事件,他觉得大家不能这么散散漫漫地前进,万一又被别的渔船发现,那就更糟糕啦。

他在心里计较着,最好能把鱼群分成三组,大鱼游一边,个头稍大的游中间,另外一边就让小鱼儿游好了,至于海底那些走不动的慢家伙,最好都爬到大动物的身上,那样一来,速度就快多啦!

他一边这样想时,不知为何,鱼群居然逐渐地往他想象的形式分成三组。

"实在太凑巧了!"

眼见如此,艾尔肯心里不禁咯噔了一下——但毕竟小孩心性,早已玩性大起的他,只顾趁机混在大个头的鱼群里,顺着水流毫不费劲地向前边游边玩。他根本没有多想什么。

只是不久之后,鱼群又四散开来,重新回到原来的杂乱形态。算了,由它们高兴就好!艾尔肯觉得自己之前好像费了很大的力气,一旦松懈,疲惫感铺天盖地地席卷而至。他慢慢往下沉去,落到一只大个头绿海龟的背上后,他随即沉睡过去。

再次睁开眼睛时,白天已被黑夜更替。疲倦与困乏亦随着那一觉一扫而空。与白天闹腾腾的光景不同,沉浸在黏稠夜色中的大海宛如一所充斥着莫名压抑的巨大密室,艾尔肯明显感觉到,孤独感正以不可抑止的姿态在他心底蔓延。他越来越不好受了。抬头望向海面,艾尔肯隐约见到一丝丝微光在闪烁跳动。

于是他离开海龟的壳背,循着微光,一刻不缓地往上游去。

第二章 回忆

1

海上无风,海面犹如被造物之手细细抚摸过,那般的平展如镜。夜空深沉静谧,繁星点点有如银沙之倾洒。弦月细弯,它紧挨着海面,仿佛只需轻轻一跃,便可以轻松躺进那温润雪白的胸怀。

艾尔肯突然记起一句话来:唯独属于你的星空是任何人都不曾拥有的。

这是他以前在《小王子》里看到过的。他一直不知道,拥有自己的星空究竟会有什么样的感觉。他现在也不知道。

"但肯定少不了孤单。"他嘀咕了一句。

对于艾尔肯来说,眼前的景致虽然让他轻松一些,但作为一条没有同伴的鱼儿,寂寞依然无法排解。

于是,没事找事那般,他尝试着从水下跳出水面,一下、两下、三下……只要尽力,他每跃一下都能比前面那下要高。一次从高高的空中落下时,他骤然发现,大海的胸怀里,竟也盛着一个别样的流动的星空!

这一发现让艾尔肯兴奋不已。独自在星海里，他忘我地畅游不歇。

终于游累了。呆望浩渺深处的繁星，他一眨不眨地看了很久，直至眼球开始干涩，自然而然地，为了抵抗这种干涩，他的泪腺分泌出了泪水——是咸得与海水一样味道的泪水，感觉又比海水稍浓几分。

"故事书里常说，小孩子的泪水都是甜的，现在感觉这么咸，难道说，我已经长大了？"艾尔肯默默地想着，"长大以后，我会做些什么？"

要是顺其自然的话，肯定会先到市里上中学，像邻家那位铁木尔哥哥，住在住宿学校，只能周末回家。然后再读大学，将来会不会像爸爸那样到国外留学？想到这里，他有点儿不确定了——眼下的情形他自己都无法弄懂，确实有些遥远啦。但话又说回来，对于快要到来的中学生活，他一直非常期待。在艾尔肯的心里，他总是认为，一旦上了中学，他就真正长大了。自从铁木尔跟他说过不少中学里的趣事后，他更时常向往着。他向往在宽阔的课室走廊上奔走；尤其是那栋有着大量藏书的外表古色古香的图书馆，他要长时间地泡在里面；还有神秘的化学实验室；他要在满铺青草的足球场上奔跑；他要……在众多的向往里，他最是向往住进那栋男生宿舍——其实，在他的心里，它与"独立"具有等同的意义。宿舍里的床会是怎样的？艾尔肯从没上过住宿学校，他刚过十岁的小脑袋里唯一知道的，是那里的床肯定没有泰迪熊抱枕——听铁木尔的妈妈说，他要带上家里的泰迪熊才能入睡呢。

……

多年以后，每当艾尔肯独自仰望星空，他何曾想到，这段稚嫩的念想与回忆，竟然成为他人生之中最重要的记忆，并伴随他度过悠长岁月。

"还好，我早就不抱熊仔了。"他自言自语。

但一望无际的海洋上，根本不会有人回应他。这不禁让他加倍思念妈妈，如果妈妈听到自己这样说，一定会表扬他的，甚至还会带他去她工作的舞蹈训练班。

班上有好多漂亮的女孩，塞可娜当然也在其中。她们跳的大多是赛乃姆舞。塞可娜跳舞的模样太可爱啦，她旋转她挥臂，她弹指、跷脚、弄目、移颈，可能不是跳得最好的，但却是艾尔肯认为最美的。当然了，她再美也不可能美过自己的母亲，这是毋庸置疑的。

说起塞可娜，就不得不提她那满头的小辫子——扣在别致的小花帽下，十来根黝黑发亮的长辫子披在白皙纤巧的颈背后，在阳光下熠熠生辉。辫子是如此的玲珑可爱，一摸上就让艾尔肯爱不释手。不过尽管如此，艾尔肯却再也不会那么做了——这是他和爸爸的约定。一个属于男子汉之间的承诺。

定下这个约定是在今年夏季的一个下午。

作为艾尔肯的父亲，林霁万分不舍地抽出宝贵的时间，专门去了一趟儿子所在的小学。尽管林霁的心里一直有公事在徘徊——关于疏勒（今称喀什）的地质报告还没开始写，是从它东面的塔克拉玛干开始，还是从西面的帕米尔高原讲起？抑或是从南面的昆仑山到北面的天山做开头？不过，林霁此时的耳朵依然能一字不差地听着老师说话——有学生家长投诉儿子艾尔肯"揪"女同学辫子的事儿。

"早就喜欢塞可娜了吧？"教师办公室外边的葡萄架下，林霁直截了当地问。

艾尔肯感到害羞，不知如何回答爸爸的问题。他一会低头望着地面，一会抬头看看将熟未熟的葡萄。他那双小耳朵如火烧一般热辣。

"很有可能，这就是所谓的虎父无犬子。你的老爸我，小时候也经常捉弄自己喜欢的女生来着，不过现在，你好像比我那时还要小一点儿。"父亲突然大笑着拍拍他的肩膀，"长江后浪推前浪呀！"

"不是那样的，我只是觉得，她的辫子很漂亮，就……"艾尔肯想要大声解释，又怕被旁人听见，只得小声嘀咕。

父亲厚实的声音继续从他的头顶传来："不管怎样，揪女孩子辫子可不是一个男子汉该做的。我以前那些臭事，被女生埋怨的时间可长啦，哪怕到现在，一有聚会，就时常被她们拿来当成笑话。哈哈……"说到这里，林霁左瞧右看，有点心虚地说，"这事儿，可不能告诉你妈！"

"真的只是轻轻地摸了一下，明明就没有'揪'，可能是不大注意用了一点点力，谁知道塞可娜就哭了。"他向父亲解释。心里却想，回去后就把这事儿告诉妈妈，谁让他上次在自己被妈妈骂时不帮着点儿。

"明白的，只是摸一下。"林霁伸手搭着儿子的肩膀，两个人边说边朝校门口走去，"不过老爸认为，塞可娜应该不大习惯这种问候方式，搞不好，她还会因此而讨厌你。你也不希望被她讨厌吧？根据你老爸的经验，我建议，等你们都长大了，你再去摸塞可娜的辫子吧，我敢保证，她一定不会再哭了。"

艾尔肯认真思考着这样的可能性。他感到不解："为什么？"

"到那时候，她一定会拿起皮鞭追着你打呀，傻瓜！"

艾尔肯被逗乐了。这也因此成了父子之间的作为男人的约定。

2

于是，为了庆祝父子俩达成这个重要的承诺，暑假即将完结前，他们一家三口开着越野车，从所住的闻苏出发，沿着314国道一路往新疆最西端的乌恰挺进，一起去感受夏末秋初的南疆风貌。才上路没过多久，途经阿克苏河时，那条仿若牛乳般洁白却又清澈见底的河水，立刻吸引住艾尔肯了。

"奶流成河啦，爸爸！"他兴奋得大叫出声。

"那是来自天山的冰雪融水，由于流经石灰岩、白云岩山地，河床中自然就带着大量的白色沙粒，致使河水呈现乳白的颜色，这条河也因此而得名'白水'。"爸爸三言两语的描述都带着他固有的工作味道。

车子在国道上行驶时，父亲告诉他：唐三藏以前也曾经走过这条道，只是在那时，他是用自己的双腿凭借顽强的意志才走过举步维艰的戈壁与沙漠。透过车窗，艾尔肯前看后看左右张望——这应该是他见过的最不繁忙的一条公路（其实，他见到过的公路也不怎么多）：蓝天与白云之下，公路上往来的车辆少得可怜，大多时候，载着他们一家的越野车都在平坦的柏油公路上独自奔驰。不过，偶尔会遇见一些骑在马背上驱赶驴队的，他们横穿公路而过后，继续不疾不慢地往沙漠的深处踱行。然后，陪伴他们的除了刺目的红土坡以及牛皮癣般的草地外，就只有远处耀眼的雪山。

艾尔肯眼特别尖，他时不时会因为雪山上偶然的小雪崩和沙漠上急速掠过的金雕而惊呼。一旦见到这些新奇的事物，他便会将随行的小水箱紧贴于车窗上——这样做对他而言，固然是件挺费劲的事情，不过如此一来，里头的地图鱼就能隔着透明的塑料水箱看到外边的风景了。

"看来，小艾尔肯也很喜欢陆地上的景色嘛。"艾尔肯说。水箱内的地图鱼也确实不停地望向外边。似乎听懂了他说的话，为了表示赞同，地图鱼转过身来朝艾尔肯眨巴眨巴了两下眼睛。艾尔肯把手掌贴到水箱的外壁，地图鱼就把头轻轻地靠在他的掌心处。

"真好。"他对着鱼缸说。地图鱼也对他张合着嘴巴。不过它只能吐出一串小泡泡。

"小艾尔肯长大啦，回去就给你换个更大的水箱，好吗？"

这一次，地图鱼没有再看艾尔肯，也没有吐泡泡，它轻轻地沉到水箱底下，一动不动。此时的艾尔肯却真真切切地感受到，从地图鱼的身上传来了一种难以言说的情绪。

是的，他总能敏感地察觉到地图鱼的情绪变化。

"放心好了，"他郑重其事地对地图鱼说，"不管要去哪里，我会一直与你在一起的。"

地图鱼是去年艾尔肯九岁生日时爸爸送的生日礼物。听爸爸说，这是他回海南老家探亲时在一家水族馆里见到的。据店铺的老板介绍，那是他不久前去海边采购时发现的，这种鱼原本生长在淡水河中，海里从来没有见过，他觉得挺有意思，就一并买了回来。这些日子里，地图鱼依然与其他海鱼放在同一个缸里养着，竟也活得自由自在，见不到有任何不适。

爸爸当即用手机查阅资料，的确像老板所说的那样，于是就买下了这条有点特别的地图鱼。顺带着，他还找了一条与它搭伴的小丑鱼。说也奇怪，由于路途遥远，在把它们带回新疆的过程中，小丑鱼差点熬不住快要死了，但地图鱼却依然生龙活虎。

第一眼见到地图鱼，艾尔肯便立即喜欢上它。至于小丑鱼，他倒是没什么感觉。于是他给地图鱼起了一个和他一样的名字，也叫"艾尔肯"。妈妈却说："那样一来，我们喊'艾尔肯'的时候，你就有充分的理由不理不睬了，是不是？"

他认真想了想："嗯，好吧，那就叫……小艾尔肯好了，它是弟弟，我是哥哥。至于你小丑鱼，你就叫尼莫，就是动画片里的那个，对了，你可能没看过那部动画，不过没关系，所有的小丑鱼都可以叫作尼莫。"

这大半年里，艾尔肯看着小艾尔肯一点一点地长大，逐渐地，他与它产生了心灵上的默契。有时，他对着鱼缸里的小艾尔肯招手，它便会特意扒在玻璃壁上，像挥手一样摆动起它那短小的胸鳍来回应；有时，当小艾尔肯吐出一个大泡泡，艾尔肯便能从中感受到其中包裹的是开心抑或是难过。

艾尔肯觉得，这大概与学校里小伙伴的友谊相似，但又有所区别："至少，我不能从爱哭鼻子的尼贾提吐出的一串气泡里，了解到他心情的好坏。而尼贾提更不会无端端从嘴里吐出一串气泡来。"他经常对着鱼缸，将同学们一一与小艾尔肯相提并论。

他把地图鱼能听懂自己说话的事情告诉过爸妈几次，但他们却一致认为，那是他太在意小艾尔肯而产生的幻想。在大人们看来，这条地图鱼仅仅是出于对喂食的习惯才亲近艾尔肯的，这足以证明艾尔肯对它的训练非常到位，但却无法说明它是一条能通人性的鱼儿。听到爸爸妈妈这样的解释，艾尔肯只好打消继续说服他们的念头。

"说不定小艾尔肯是海里的精灵变成的，假如海里真的有精灵的话。"艾尔肯时常这么想。

"你是海里的精灵吗？"他问小艾尔肯。地图鱼给他的回应则是吐一串泡泡，然后再用胸鳍把它们一个一个戳破，接着再吐一串，再戳破。艾尔肯则经常拿起笔来和它比谁戳得快，他们总会玩得不亦乐乎，甚至让艾尔肯忘了写作业、忘了练习弹琴……

很快，小艾尔肯长到十多厘米了，小丑鱼尼莫则未到十厘米便止步不前。尼莫老喜欢黏着小艾尔肯打转，看上去像个小跟班，不过它却并不怎么搭理尼莫。小艾尔肯除了吃和睡，就只爱与艾尔肯玩儿。

直到有一天，爸爸又带回一条更大的海鱼。

3

那是一条二十多厘米的蓝色倒吊鱼，个头比小艾尔肯大了不少。爸爸说它就是尼莫的朋友多莉，是在他的一个同事家里养大的。同事的家里，多莉的其他朋友都生病死掉了。那位叔叔说，一条鱼儿独自生活在四面都是玻璃墙的房子里哪儿也去不了，未免过于孤单，便只好叫爸爸带回家里托付艾尔肯照看了。听爸爸这么一说，艾尔肯也挺可怜多莉的。

然而，多莉却一点都不友好。

仗着自己的个头大，它总会时不时地欺负比它小的尼莫。它不但时常抢尼莫到口的食物，还经常追赶着尼莫戏耍——总之，它让尼莫吃了不少的亏。

不过，不知为何，多莉却一点都不敢欺负小艾尔肯。小艾尔肯也根本不想搭理它，总是自己躺在水箱的角落，任由它们追逐打闹。后来有一次，多莉用它有毒的尾棘刺伤了尼莫，生气了的小艾尔肯这才爆发出它作为地图鱼的野性。它将多莉狠狠地教训了一顿。

艾尔肯是在放学后才知道这个事件的。他没有目睹两条鱼儿扭打的过程。回到家时，他便看到倒在水缸底下装死的多莉。尼莫虽然让毒棘刺伤了，但好在并不致命。至于小艾尔肯，它依然若无其事地向着艾尔肯吐着它的泡泡。

接下来的几天，多莉常常倒吊着装死，这时候，傻乎乎的尼莫就会拱着它浮上水面，这似乎成了它与多莉的另类游戏方式。于是乎，它们因此而和睦相处起来——正所谓不打不相识。

小艾尔肯之后就再没有与多莉发生过冲突——比起打架，艾尔肯觉得它好像更热衷于睡觉。

这次出游，爸爸妈妈本来是不打算让他带上小艾尔肯的。但艾尔肯想，尼莫和多莉已经成了真正的朋友，它俩再也不用自己操心了。但小艾尔肯平时就不大喜欢跟它们玩儿，要是把它留在家里那么长的时间，它肯定无聊透顶。

所以，说什么他也要把小艾尔肯带在身边。

在他将一起出游的消息告诉小艾尔肯后，它竟然高兴得在水里一下子翻了两个筋斗。一路上，两个名字都叫艾尔肯的家伙不停地嬉戏耍闹。

毫无疑问，这是一个绝对正确的决定，艾尔肯认为。

见识过刀郎人捕鱼的能耐和他们在篝火旁的忘情歌舞后，第二天，迎着昆仑雪山一路向西,他们来到了图木舒克市的小海子水库。

库区西海湾的景色让人流连。金灿灿的胡杨林一望无际,有的站立有的躺倒、有的像苍龙腾跃有的像虬蟠狂舞、有的怒发冲冠有的却如智者般低头沉思,通通的,它们在贫瘠苍凉的土地上顽强扎根。那蓝得透彻的天空,白得像棉花糖一样可爱的云絮,还有那毫不逊色于蓝天白云的雪山之水,以及水鸟扑腾在水上时的曼妙身影……所有的一切,都深深地烙印在艾尔肯的心底。

爸爸将车子停靠在水库上游叶尔羌河的一处寻常岸边,才一下车,他就从后车厢中搬出一个个大小不一的瓶瓶罐罐——那是他收集样本用的。

"我们的艾尔肯长大后,千万别学爸爸那样做地质研究,家里可没法子再盖一个用来装石头沙子的大仓库了。"妈妈半是抱怨半是玩笑地说。

艾尔肯想到家里的仓库,内里有成百上千的玻璃瓶,瓶子里装着的石头、沙子的颜色可谓多种多样,黑的、白的、黄的、红的、绿的……甚至是紫色的,只要是你能想象出来,全部都有。还有各种堆在墙角的石块。但里面仅有很少的一部分是爸爸工作上需要的,其余的,一并属于毫无用处的"收藏品"。

"土拨鼠爸爸。"艾尔肯嘀咕一句。虽然嘴上这么说,但他却从没见过真正的土拨鼠。而这个叫法,则是从某次妈妈和爸爸吵嘴中"学习"到的。

"到妈妈的舞蹈班学跳舞好吗?塞可娜也天天在练呢。"妈妈又说起这事。记不得多少次了,得知聪明漂亮的塞可娜和儿子是同班同学之后,妈妈总爱这样提议。

"才不要咧。"说着,艾尔肯抱起水箱跑开去了。虽然年纪还小,但他知道,他的未来肯定不同于整天扎在石头堆里搞研究的父亲,也不同于热衷民族舞蹈的母亲。他应该会去追求别的只属于自己的什么东西,只是现在的他仍然无法说得清楚。

在不远处的河边找了块大石板，艾尔肯抱着水箱爬到上面。微凉的风从对岸踏过粼粼水面，绕过岸边胡杨的弯曲身子后迎面扑入他的怀抱。石板的温度被晒得恰到好处，感觉舒服极了，他索性仰面朝天躺平，合上双眼。

　　（艾尔肯，放我出来吧！）

　　此时，一个不易觉察的声音，顺着耳边微微的风声吹进他的心坎。

　　"是谁？"艾尔肯环顾四周。可除了不远处正和牧民交谈甚欢的父母之外，四下并无他人。

　　听不见回应，艾尔肯也未急着寻找。以前，他也经常听妈妈讲睡前故事，对"狼外婆扮成大人吃小孩子"这种吓唬小孩的伎俩，他早已一笑置之。对于现下的这种情况，他有一套自己的处理方式——首先得确定声音的来源，再判断声音的主人是否认识，如果遇到陌生人，那就不可随意搭理。

　　他竖起耳朵认真倾听，却装作若无其事。他听见高天中传来鸟儿的清鸣。他能敏锐分辨头顶树叶摩擦出的沙沙声总在不停变换。河流也一直在脚下喃喃低语，一切都正常不过。正当他打算放弃的时候，扑通一声，从左手边那个装着地图鱼的塑料小水箱传来了声音。

　　"是你吗？小艾尔肯。"他心里一动，打开蓝色的盖子问。地图鱼朝着他猛眨眼睛，翡翠般的眼珠子闪出晶莹绿光。

　　（艾尔肯，快把我放进河里。）

　　这次的声音清晰了不少，不过它并不是从任何一处地方传来的。声音像是艾尔肯自己在内心默声诵念一般。它来自心底。

　　这下真的让艾尔肯犯难了。根据他的经验，既然小艾尔肯是一条神奇的鱼儿，那么，它会讲话也是正常不过的，哪怕讲话的方式有点儿独特。可是如果真的按它所说，放回河里后，他们岂不就要从此分开，再也无法相见相伴？！

"就是现在，回到大海的时间已经到来。我们需要你的帮助。"那个声音继续在他心底里说。

"真的是小艾尔肯吗？"他还是要再次确认。

"当然是我，我就是小艾尔肯。请不要犹豫！"一次次地，地图鱼的话语通过他的内心读了出来，明了无误。

由于没有实实在在的"声音"，他感到声音仿佛是他自己说出来的一般。但却有点陌生。

"可是，那样的话我会失去你的……"艾尔肯感到为难，更感伤心，他说，"是不是把你放到水里后，就再也见不到你了？"

"如果不快点把我放回河里，会引发严重后果的。请尽快吧！"

"真的？！"艾尔肯紧张起来，从小艾尔肯的话语中，他感受到一种毋庸置疑的紧迫。他从大石板上跳下，毫不犹豫地跑到水边，将小水箱里的水连同地图鱼一并倒入河里。在倾起水箱的那一刻，想到小艾尔肯即将离他而去，他们甚至不能好好地告别，艾尔肯心里别提有多难受了——在此之前，他从未品尝过真正的离别。

"再见了，我的兄弟！"他内心里充斥着不知如何诉说的话语，饱含祝福与叮嘱。他向河里的小艾尔肯依依挥手。没料到，地图鱼游出去后并没有马上离开，反而向他游了回来。

"你是舍不得我吧？"看着一直在水中望着自己的地图鱼，艾尔肯想，或许，它跟自己一样，还需要一个男子汉式的拥抱——怀揣着这般想法，顾不得弄湿崭新的球鞋和裤子，他踏进水里想把它捞起来。

正当他的手指触碰到地图鱼的时候，怪事发生了。水中的小艾尔肯吐出了一个泡泡——一个看起来正常不过的小泡泡，小得连艾尔肯的手指头都包裹不住。可是，随着气泡接触到他的皮肤，它竟然膨胀开来，瞬间便裹住了他全身。

4

是的,有一个流光溢彩的晶莹气泡,将艾尔肯整个儿的身体包裹起来了!

这是艾尔肯目睹的事实。

他看见气泡里边的自己闭上眼睛。他慢慢躺倒在河水上面。彩光流动的气泡也随着他体姿的变换而产生变化。

气泡突然破裂。当艾尔肯的身体即将沉入水里时,十几枝粗壮墨绿的水草从水下迅速伸出水面,它们缠绕在艾尔肯的身上,将他的身体稳稳地托在河水之上。

"这是怎么回事!"

他左右寻找小艾尔肯想问个究竟,但身边却怎么也寻不着地图鱼的身影。而此时,他突然发觉,他已经看不到自己的四肢,伸手也摸不着自己的脑袋了。他急得几乎晕倒过去。

此时,艾尔肯看见爸爸妈妈惊慌失措地朝他跑来。

冲在前面的林霁慌忙扑进水里。他伸手将浮在水上的儿子托住。他发现艾尔肯的身上缠着水草,且特别粗壮结实,正要扯掉时,水草却轻轻将艾尔肯送进了他怀中。之后,水草自动松开并快速地缩回水下,转眼便消失在幽幽河水中。

林霁吃惊地望着水草消失的地方,但他来不及多想,连忙抱着儿子上岸。他对着艾尔肯的胸口压了几下,又检查了他的脉搏和呼吸。他松了口气对妻子说:"没事,没有溺水,胸前的衣服还是干的。体温正常,呼吸正常,就像睡着一般。"

"可是，为什么会躺在水上，为什么没有醒过来？"妈妈一边摸着艾尔肯的脸颊一边哭着问。

"好像是被水草托出水面的，"林霁思索着说，他再次回头看向河面，"不过，我刚想碰那些水草时，倏忽不见了。也不知道怎么回事。"

他们在岸边朝河里看了一会儿，林霁甚至下到河里去到刚才抱起儿子的地方细细察看，却什么也没找到。

"水草那种软趴趴的东西，怎么可能托得住人？你是不是看错了？"妻子问。

林霁想了想却没有回答。

"那不是装地图鱼的水箱吗？地图鱼呢？是不是水箱掉到河里，艾尔肯为了它，才跟着摔进河里？"指着已经飘到河中间的水箱，妈妈问。艾尔肯不停地在水里对着爸爸妈妈大喊招手，可好像谁都看不到他。

"不管这些了，先带艾尔肯去医院吧。"走了没几步，林霁再次转头过来，这一次他看到了水中的地图鱼，"哦，小艾尔肯，是你。"

妈妈这时也回过头来，她看了看水里的小艾尔肯，又看了看抱在怀里的艾尔肯，叹息着说："好好活下去吧！"说完，他们渐渐走远了。

看着他们离开，艾尔肯失魂落魄，半响才想起检查自身的状况——他的手似乎已经短到了一个不能再短的地步，任凭他如何高举都无法碰到自己的脑袋，他想要站起来，两条腿却好像粘成了一块，根本无法屈伸。他害怕得张口喊"救命"，但除了"咕噜噜"地喷出几个大气泡外，喉咙里却再也无法冒出声音——那种属于人类的声音。

如果我不在这个世界了，那么，我会去到哪里呢？艾尔肯一个人的时候，偶尔也这样问自己。有时候，他会假想自己去到那个有小飞侠彼得·潘的永无岛，有时候则是《杰克与魔豆》中的巨人国。总之，他总爱将自己代入到这样或那样的童话世界中——但又不单单只是一成不变的完全代入，例如在神秘的岛屿上，他会给自己安排一个从巨龙守护的城堡中拯救人们的任务，抑或是在遥远的空中国度跟随一群魔法师为学习魔法而四处闯荡。

如同大多数受冒险故事熏陶的小孩一样，在艾尔肯看来，所谓的另外一个世界，就是一个能肆意闯荡、能不用到学校上课、没有爸妈唠唠叨叨的乐园。至于这样的一个世界是否存在，以及自己的生命是否安全，这类的问题则不在他需要考虑的范畴。

（以后的事情，拜托你了！）
（以后的事情，拜托你了！）
（以后的事情，拜托你了！）
……

突然，一句带着波浪般质感的话语从远处涌来，一遍一遍地，越来越响亮地投进他内心深处，又像刀刻斧凿般，清晰可见。过了好一会，声音才渐次消失。那是他脑袋中最后一次听到小艾尔肯的声音，但又不只是它的声音，似乎还有个低沉的声音混在一起？不过，对现下的艾尔肯来说，他根本顾不上这种微不足道的事情——借由他刚才吐出的几个大大的泡泡，他看见一条地图鱼正倒映其中！

"哎呀，我变成小艾尔肯了，我变成一条地图鱼！"近乎一百八十度的情绪转弯，顷刻间模糊了他对亲人远去和变成一条鱼儿的恐惧，他真的就如一条普通鱼儿那样，漫无目的地在水中游动起来。

水底下的光线并不昏暗，他在水里上下游动，适应着属于他的全新的身体。几个来回之后，他做了个总结：平衡感不太好，手……胸鳍摆动得也不太协调，对于水流，也不是很能适应。总之，得花些时间好好练习一下才行。

在一个险些失控的筋头后,艾尔肯差点儿扎进水底的淤泥里,这时,他又看到了一只毛蟹。

"嘿,你知道如何游上水面吗?"艾尔肯问它。此时的毛蟹正用两只大钳子滑稽地往嘴里猛塞淤泥。

这是他在水底遇到的第五只毛蟹,与前面的四只一样,它在看到个头比它大上不少的地图鱼后,也被吓得不轻。但这只却没有像其他的同类那样机智地钻进预先挖好的泥洞里,惊慌中,它划拉起六条小腿,一溜烟地急速横走,也不知是一时忘记还是舍不得,那尚未咽下的一钳子污泥始终没有放下。

看你往哪里跑!艾尔肯豁出力气摆动尾巴追上去,当下此刻,那种阵仗真的不比一架无法起飞的老喷气式飞机好上多少。

眼瞅着离那毛蟹只有十来条蟹腿的距离时,一条黑色的嘟着尖细小嘴的鳗鱼在艾尔肯和毛蟹的中间横蹿而出。

"快闪开!"他向着鳗鱼大叫,慌乱中,他的身体微微有了向水面上浮的趋势——他似乎感觉到窍门了。

正感高兴之际,不可思议的事情再次发生。先是被黑色鳗鱼吞进肚里,不知过了多久,又被另一条彩色的鳗鱼从嘴巴里吐出。之后,他便发现自己已经身处海洋。

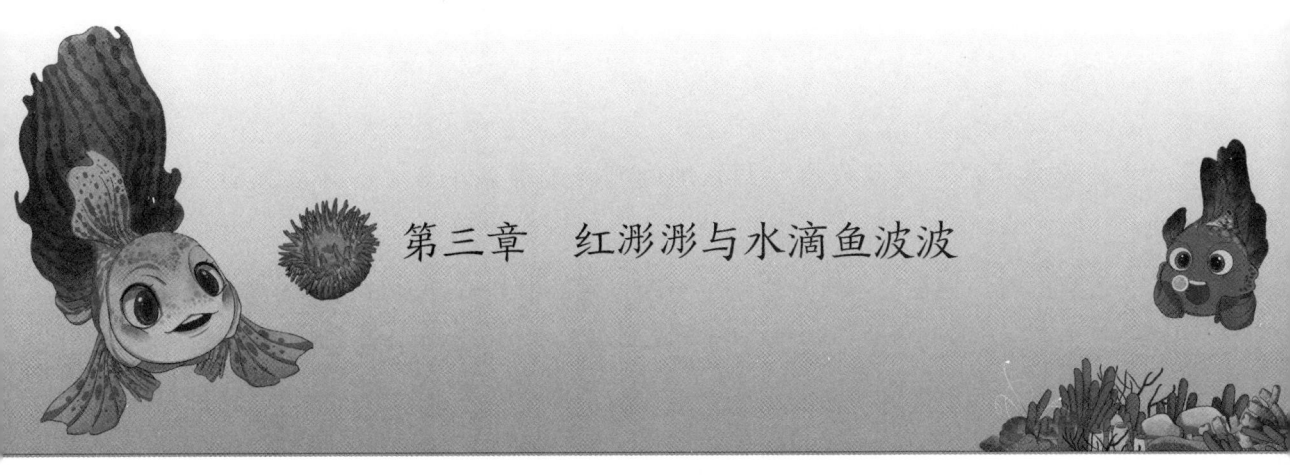

第三章　红淜淜与水滴鱼波波

1

恍惚之间，像是谁在轻手轻脚地触碰自己的身体。艾尔肯被弄醒了。

以往的日子里，每天把他从睡梦中叫醒的大多是妈妈。艾尔肯有时实在不想早起，便赖在床上扯起被子蒙住脑袋撒娇：让我再睡一会儿，就一会儿也好。通常情况下，妈妈会如他所愿。

只不过，此刻将他弄醒的可不是妈妈温柔的双手。他也没闻到厨房里烤芝麻馕的香气。他有些不满，睁开眼睛时，却看到一条黑白斑纹的小鱼儿正不知所措地瞪着自己。估计是艾尔肯醒来时的肢体动作过大——他一向如此——吓到它了。

对啊，现在可不是在家里——或许是昨晚睡得过于实沉，他居然给忘了。意识到这点，艾尔肯连忙从茂盛的海藻丛里钻出身来。四下里还有不少这种模样的小鱼儿，个挨个的，它们游走在那些大个头鱼儿的鳃边，甚至从嘴巴里进出。

"怎么了？"艾尔肯有些紧张地问刚才的那条小鱼，"还要接着搬家吗？"

没有回答。它在艾尔肯身边绕了一圈，瞅准他开口说话时就想钻进他的嘴里。不明所以的艾尔肯赶紧合上嘴巴——该不会是把我当成鳗鱼了？

黑白斑纹的小鱼可能没有得到它想要的，等了一会也不见艾尔肯张嘴，也就自行离开了。艾尔肯确实有点摸不着头脑。于是他跟上那条小鱼。它很快有了新的目标，这次是一条相貌凶狠的大个子石斑鱼。靠近目标后，它便直接游入石斑鱼那个长满尖牙利齿的大嘴里。石斑鱼非但没有将它吃掉，反而任由它在自己的口腔内忙活，不久之后它又游了出来。

艾尔肯随即明白过来。他想起了在《海洋百科》上看过的图画——这些黑白斑纹的小鱼都是"鱼医生"，它们给刚刚搬到新地方的大鱼们做清洁来了。

也就是在昨晚，艾尔肯和一众的鱼儿一起来到了这片海域。

一连游了大半个月，他终于听到驮着他的浜爷爷说："就是这里哦！"

总算停下来不用再赶路，大家都累极了，艾尔肯当然也不例外。还没来得及看看新家的环境，艾尔肯便一头钻进一块松软绵柔的海藻底下睡觉去了。不知是受鱼儿本能的影响还是作为人类的习惯，他让海藻像盖被子般将自己掩得严严实实。

不同于一开始去到那片海域时的亲切感，虽然也是同样的身处海洋里，但这个地方却让他觉得陌生。环顾一眼周遭，他相信，这是小艾尔肯以前也不熟悉的。

清晨的阳光一缕缕的，透过海面斜斜地探进水下。这是全新的一天。动物们似乎都在为寻找新的住所而开始忙碌。艾尔肯也不好意思再躲回海藻丛里睡觉了，他打算在附近转悠转悠。自从变成鱼儿以来，还真是没有这般轻松自在过呢，要好好地四处逛逛，他想。

　　一扫迁徙过程中的紧迫，鱼儿们都意态欢快地做着各自的事儿。一片片色彩斑斓的珊瑚礁里，一个个大大小小的洞窝正被它们一一占据。艾尔肯慢悠悠地溜达在海葵和岩礁之间。自己要不要也找个舒适一点的地方安个家？跟什么样的鱼儿做邻居才好？他心里虽然也有一些想法，但实在没什么谱儿。时到现在，他仍然没有一个朋友，唯一能说上话的浜爷爷也不知躲到哪里了。不过艾尔肯也不着急，这海里可大着呢，比人类居住的陆地不知大了多少倍，根本用不着跟小鱼儿们争抢几块乱石堆。

　　继续往别处游去。一路上他看到更多好玩的事儿——章鱼像是为了配合岩石和沙地的颜色，正在不断地替换衣服的风格；看到有天敌经过，橙色脚的螃蟹会熟门熟路地躲进某个贝壳里；足有他爸爸手臂那么粗的大虾正专心致志地打扫自己的新窝；那些医生鱼依然在大鱼的嘴巴里忙活，它们还真是不怕会被哪个粗心的大家伙吃掉……

　　头顶上，秋刀鱼成群结队的，它们一摇一晃地前行，银白色的腹部像阳光一样刺目，晃得艾尔肯头晕。时不时，鱼群里会传来一两声念叨，至于说的是什么，艾尔肯就听不明白了。

　　在海洋里待了些时日后，艾尔肯逐渐知道，鱼儿们生活的习性往往与它们的体形相关：那些身体窄长像纺锤般滚圆扎实的鱼儿一看就是游泳高手，经常像箭一样在他头上"嗖"一下蹿了过去，它们好像整天都在追逐猎物却不知疲倦；至于那些习惯钻进珊瑚礁、岩石堆中的鱼儿，它们大多都长得扁扁的，非常擅长利用地形躲避攻击；那些又长又扁又尖的模样十足像海带的家伙，则喜欢躲在岩石缝隙之类的地方，艾尔肯经过时，它们无声无息地探出头来，吓他一跳。他还发现，比目鱼小时候的眼睛也和其他的鱼儿一样长在身体的两侧，长大之后，眼睛却迁到同一边去了，睡觉的时候，它们总喜欢平躺着钻进沙子里。而他最不敢招惹的，却是海马这种长相怪里怪气的家伙，那副皮包骨的模样，要是撞到它了，肯定会很硌人吧？

他最在意的还是海里的地图鱼。但无论他如何寻找打听，也是无法找到另外一条了。想来也是，地图鱼原本就不是生活在海里的。也因如此，小艾尔肯才会如此与众不同！

好几天来，他都是这般无所事事地度过。他没有具体的时间概念，只知道阳光照进水里便是白天，阳光退去，夜晚就再次降临。

"艾尔肯，你该起床啦，上课要迟到了；艾尔肯，明天还要上兴趣班，不能再看动画片了……"他慢慢习惯了海里的日子，回忆起爸爸妈妈的时候，连内容都变得不再伤感。

耶！每当发现一些古怪好玩的鱼儿，他经常会想："能在海里生活，简直就是世上最最美妙的事情。"

当然了，喜欢上海里的生活，也不光是因为不用去上学什么的，还有其他的因由——更可能是主因所在——迁徙过来后，其他所有的鱼儿看来都喜欢上这里的生活了。

他觉察到，自己总是能够快乐着鱼儿们的快乐。

2

今天的天气不好，水底下阴阴沉沉，也不知太阳究竟躲到哪儿罢工去了。

艾尔肯溜到海面上察看。半空中，一块块青灰色的云团被大风追得撒丫子跑。小山丘般的海水不断升起落下。他才刚游至山丘顶上，转眼又落到山谷底下，他有些手忙脚乱。他还有点儿担心自己会被大风卷到天上——如果落下时没能回到海里，甚至挂在某个不知名小岛的大树上的话，就得晒成刀郎人的鱼干了。眼望大颗大颗的雨点开始从天空狠砸而下，他赶紧掉头回到海底。

说起来，艾尔肯还是喜欢下雨的，他的家乡总是好不容易才下一回，每逢下雨人们都兴高采烈的。过一会儿等风浪没那么凶神恶煞了，再去玩儿冲浪应该安全吧？要不，找几只海豚帮忙压压浪顶？艾尔肯躺在细沙上，优哉游哉地东看看，西想想。

海面上方的风雨对海洋动物们似乎影响不大。在接近海面的最上面一层，水母群一忽而上一忽而下地漂浮，一副满不在乎的样子，它们的身体散发出幽幽的亮光，从下往上看，酷似黄昏时躺在戈壁滩看天上的小云朵。刚好，一大群的小鱼儿从水母下面游过，艾尔肯记不起这种鱼儿的名字，它们的样子很正常，但行为却古古怪怪，仿佛完全不知道自己要游去哪里一般，又像正在做着莫名其妙的游戏，它们来回追赶，时而分开成几个小队，时而又拢在一块，一惊一乍的。

他经常听到鲸鱼的叫声，悠长得如同歌唱家深沉的尾音。似乎是合上了绵长歌声的节拍，水母的舞动愈发曼妙轻盈。如果不是怕被蜇到，他真想游进水母群里，与它们一起跳赛乃姆舞。

大概是到了某个特殊的季节，安好家的鱼儿们似乎又有了新的目标。

它们开始做着一些对艾尔肯来说很是羞羞的事情。爸爸曾经告诉过他，动物最重要事情之一，便是尽可能地留下自己的后代。"嗯，这就是生命的'接力'吧。"即使他爸爸已经用上"接力"这样一个颇具比赛意味的词语，可每当遇到这事，艾尔肯还是禁不住脸红。没有办法，虽然艾尔肯已经成为了一条地图鱼，但他却仍是人类小男孩的内心。

"还好不是在河里，要是别的地图鱼来找我生小鱼……"他使劲地摇了下头，赶快将这念头从脑子里甩走。

为了将来变回人类之后，可以在其他同学面前炫耀自己的所见所闻——恐怕更多是因为他过于好奇——艾尔肯打算仔细观察大鱼生小鱼的过程。

"不管面对什么样的生活，都要想尽办法去充实自己，天天学习，不断向上！"这是每次长假前老师对同学们必提的要求。艾尔肯认为，现在正好是"充实自己"的时候。

而他实在也太无事可干了。

红着脸隔着礁石细缝探看了许久——他不知道自己的这张鱼脸究竟红不红，总之感觉火辣辣的。观察后他发现，大多数鱼儿繁殖的时候都只是在一块沙地里或草地上来回游动，稍有区别的是，雄鱼会在腹部下面喷出"细丝"，而雌鱼产下的则是鱼卵而已。看着看着，他倒觉得没有什么好害羞的。

他大方地继续观察更多鱼儿繁衍的细节。他发现有些鱼儿的身边总会跟着好多异性同类，就像电视里的皇帝一般。有的则是两两成对，其中有一种非常漂亮的、看上去就像蝴蝶的半瓣翅膀一样的鱼儿，姑且就叫它蝴蝶鱼吧（这次还真是给他蒙对了）。它们经常成群结队生活在珊瑚礁一带，但都各有各的固定伴侣。

那天，艾尔肯正好见到一对蝴蝶鱼夫妇，它们正亲昵地说着悄悄话。好奇的艾尔肯跟了上去。

"还记得那只公海兔涂巴妞吗？"公蝴蝶鱼问。

"怎么了？它可是你的朋友呀。"母蝴蝶鱼说。

"那只公海兔说，它不会去找别的海兔一起生海兔宝宝的。"公蝴蝶鱼说，"因为它自己就能生。"

"没有伴侣的生活会让我发疯。"母蝴蝶鱼语带忧伤地说，"它居然有这种想法，看来已经疯了。它真是可怜。"

"不用可怜它，"公蝴蝶鱼气愤地说，"我原本还想帮它找只母海兔的，但它却一直说我们蝴蝶鱼这种一夫一妻制度的坏话。然后又说要去找老海绵。"

"真是好心没好报！"母蝴蝶鱼气得浑身颤抖。然后又疑惑地问，"那个……它找老海绵做什么？"

"它要和最老的老海绵一起探讨，独自一个生宝宝和两个一起生宝宝之间的区别。"公蝴蝶鱼非常不解地说，"它临走前又语气严肃地告诉我，它的理想是让大家都能单独地生宝宝。"

"单独地生宝宝，真是疯透了！"母蝴蝶被气得拔高音量，"既无知又无耻，你可不能学它！"

"哪里会呢，我已经跟它断绝交往了。"公蝴蝶说，"我会叫所有蝴蝶鱼都跟它绝交的。"

"可以的！这叫无性繁殖！"艾尔肯听得非常激动，觉得正是发挥他聪明才智的时候，他翻了个跟斗蹿到两条蝴蝶鱼中间，大声说，"电视上说，红海兔和海绵就是无性繁殖的。"

两条蝴蝶鱼被他的突然闯入吓得挨在一起。放松下来后，它们绕着艾尔肯转了两圈，公蝴蝶鱼好奇地问："你是什么鱼，我没见过你。"

"我是独一无二的地图鱼，"艾尔肯自豪地说，随即想到刚才的话题，"你们想知道还有什么动物是无性繁殖的吗？"

母蝴蝶鱼突然问他："你喜欢吃青草味的小鱼还是小鱼味的青草？"

公蝴蝶鱼问他："你是想要抢我老伴？还是想要吃掉我们？或者只是想和我较量一下？"

母蝴蝶鱼说："我才不会跟他走，他长得那么奇怪……"话还没说完，母蝴蝶鱼就靠着公蝴蝶鱼哭了起来——艾尔肯觉得应该是在哭，虽然看不见眼泪。公蝴蝶鱼没有说话，它们的小嘴凑到一块儿了。

艾尔肯一下子被羞得不行，逃也似的游开了。

3

大多数时候，艾尔肯都是一味到处瞎逛，并没有确定的目的或目的地，但日子一日一日，说也奇怪，内心的感觉反倒愈是扎实。

这一天，他来到一大片海草地上，见到一群绿海龟正懒洋洋地趴在那里。那几只他认识的小海龟也在附近，看着它们简直就像看见学校里低年班的小不点儿，随时随地都能乐在其中。远处的海牛也三五成群地在草地和海面之间上下溜达，没有几只认真吃草的。之后他看见一只老海龟——那是浜爷爷，艾尔肯一眼就认出来了。

"浜爷爷，浜爷爷，终于找到您了！"他朝老海龟大喊——虽然它说起话来也不大着调，但比起那些一开口就怪里怪气的鱼儿，至少老海龟还能交流一下。

"我有好多事情想不明白，"抓紧机会，他问了老海龟一连串的问题，"我们为什么要到这里来？原本生活在这里的鱼群又到哪儿去了？还有海灵，海灵到底在哪里？"

看来，这些问题在他心里已经憋了好些日子。

浜爷爷边嚼青草边抬起头看他。像是花了很长时间才弄懂他所说的话，老海龟有着两三分人样儿的脸庞终于现出微微笑容，它说："盼望着，盼望着，海灵回到了，新家园的脚步近了。"

艾尔肯郁闷地大大吐了一个泡泡："什么嘛，我是问海灵在哪里。"

"海灵说住在这里，大家都会很开心哦。"

它说的倒也没错。艾尔肯自己也能察觉到，除了猎食的时间，海族动物们在这里的生活都是和谐快乐的，就差点没敲锣打鼓庆祝罢了。可他现在不想聊这个话题。

"你还没回答我的问题呢！"他有些不高兴，"能好好说话吗？"

"美好的一天哦。"又答非所问地说了一句后，老海龟居然一边嚼着海草一边唱起歌来：

秋天的一个午后
我漫步在
青翠的海草地上
看见许多
明亮的小星星
那都是
忽闪忽闪的眼睛

秋天的一个午后
我看见鱼儿
像天使般舞蹈着
打这儿游过
我听见它们
犹如晨风的
无忧无虑的心跳声

我躺在秋天
午后的海草地上

一觉醒来

有一双闪亮的星星

看着我

把歌儿轻唱

艾尔肯耐心听完。虽然浜爷爷没有再颠三倒四地唱它的罐头歌，但他依然听得不明就里。浜爷爷显然没有给他提供更多有关海灵信息的意思。快快地说了声再见，他用力地朝着海面游去。

算了算了，大不了就自己慢慢找吧，不过海洋那么大，究竟要到哪里找呢！他突然想到"守株待兔"这个故事——与其到处胡寻乱找，说不定哪天真的一觉醒来，自然就见到啦！毕竟，自己变成鱼儿这种怪事也是说来就来毫无征兆的……

他一边游一边自我安慰，胡思乱想之际，一条浑身斑点的大鳗鱼出现在他前面。

一想到上次被吞掉的情形，艾尔肯立刻远远躲开。但随即又有些后悔。他忽然觉得，若是能再次被鳗鱼吞下，说不定就会从它肚里游回叶尔羌河去，当真那样，结果看来不坏。

鳗鱼可不知道他的想法。自顾自的，它在艾尔肯不远处停下，从嘴巴里吐出一条红色的小鱼来。之后，斑点大鳗鱼转身游走。

4

居然，还有其他的鱼儿像自己那般从鳗鱼的嘴巴里，若无其事地出来？！

艾尔肯先是呆了一下，接着便兴奋地蹿到红鱼身边，绕着圈儿上下打量。红鱼儿有着火红鲜艳的身子，嫩绿的背鳍灵动飘逸，那条舞裙般绚丽的大尾巴上，点缀的蓝色斑点宛如宝石一般闪亮。它就这么自然而然地浮在水里，宛如凤凰悬于天际。

艾尔肯越看越是欢喜。他希望这条鱼儿能成为他来到海洋后第一个真正的朋友。

"喂喂，停下来好吗！"见他一直绕游不停，红鱼儿不耐烦地说，"你就是渡渡？跟我来吧。"

艾尔肯一下子弄不明白，我不叫渡渡呀，附近又好像没有其他鱼儿？"那个，"又是一轮左顾右盼，他问，"你是在和我说话？"

"就是来找你的，别一惊一乍了！"它的声音很甜美，让人一听就知道是个女孩。只是，这女孩说话的语气明显有些盛气凌人。

"找我？"艾尔肯感到疑惑，"我们应该……不认识？"

"确实，"她冷眼望着他说，"我只是听说过你。我叫红淼淼，人类称我们为凤尾鱼，我是小海灵。"

"什么，海灵，你是海灵！"骤然发现一直寻而不得的海灵就在眼前，艾尔肯差点儿蹦了起来，"哎呀呀，你还知道人类，那一定知道我该如何变回去了！"他兴奋得又开始绕着她转圈圈，"对了，我不叫渡渡，我叫艾尔肯。我原本就是人类，却从人一下子变成了鱼儿！"

"别人呀人的，"她很不高兴地拔高声音，"听着，人类没什么了不起的！"

突然听到对方近乎呵斥的话语，艾尔肯心里咯噔一下，不知如何接话，过了好一会，他才嗫嚅着解释："我……我没说过那样的话，也没那意思。"

"嗯，"似乎也意识到自己失语了，平复下来后，她说，"听清楚了，我不是海灵，这里的海灵是我的灵长，我是小海灵。样子呆呆的也就算了，脑瓜子居然也不灵光！"也不知艾尔肯哪里开罪了这位小海灵，说到后来，她又开始数落起来。

"嗯嗯，"艾尔肯乖乖地说，"明白了，听明白了。"他当然察觉到对方的不甚友好，但难得遇到一条可以真正正常说话的鱼儿，且还是什么小海灵来着，他高兴都来不及，哪里还顾得上对方话里话外的意思？至于后面那些碎碎念，他直接忽略掉了。

"跟我来吧，"似乎挺满意艾尔肯的态度，她轻声说，"灵长让我带你到处逛逛，看看我们所住的地方。"

"嗯嗯，"见对方越来越和气，艾尔肯堆起一个谄媚笑脸，大声应道，"好的，我听你的！"至于去看什么地方，为什么要带他去，小孩心性的他一时间根本管不了那么多。

一前一后，他们从海草地上方游过，各色鱼儿在他们身边自由自在地活动，偶尔遇到些正在捕食的大动物，但它们也神奇地对红淼淼"不感兴趣"。难不成这与被鳗鱼吃过有关？经过它黑洞洞黏糊糊的肚子，没准都变得不好吃了？艾尔肯又习惯性地胡猜乱想。

"对了，鳗鱼，"艾尔肯问，"那鳗鱼是怎么回事？"

红淼淼好像有些心不在焉，过了一会才说："鳗鱼嘛，它可以带我们到任何其他有鳗鱼的地方，这么说吧，它是海灵独有的跃迁洞口。"

"跃迁洞口，噢，真够神奇的！"赞叹过后，艾尔肯又好奇地问，"好比时空转移吗？干吗非要通过鳗鱼才行？"说到这里，他回想到自己从河里一下就来到海洋的事实，"可是，我是人类，并不是海灵啊！"

"别老是问我！"红淼淼脸色突然一沉，"了不起的人类，自己好好回想吧。"

回想什么？回想鳗鱼嘴巴的大小还是身形的长短？感受到对方目光里冷淡的意味，艾尔肯不敢再问。

此时，他们的身边正好漂过一大群蓝色的水母。

红泼泼在一块平坦的礁石上方停下，对继续往水母探近的艾尔肯说："你真的是笨蛋吗？不想被蜇晕的话就不要再靠近水母。等它们游走后我们再上去！"

艾尔肯赶紧转身回到她身边。他有些委屈却又不敢说出：我只是想挨近点儿看看它们的颜色……

"你好像……有些讨厌我？"他望着红泼泼小声问。

"能不讨厌吗？"红泼泼转过身去，眼里霎时流露出一些被刻意压抑的悲伤——艾尔肯当然无法看到她这种神色——缓了一会，她接着说："居然带那么多海族动物过来分我们的食物占我们的地盘，能不讨厌吗？这里本来已经不是一个海植丰盛的地方，能生活的珊瑚礁也越来越少了。"

"噢，可能你真的误会了，"艾尔肯游到红泼泼面前，夸张地摆动双鳍解释，"你口中所说的海族动物，不是我带过来的，我也只是跟着它们的迁徙才来到这里。是浜爷爷说这里是目的地，浜爷爷是一只……"

她打断他的话："我才不管什么浜爷爷不浜爷爷，水母走了，咱们也走吧。"

满心郁闷地跟在红泼泼身后，艾尔肯不敢再开口说话了。他开始有点不喜欢这条傲慢的红鱼儿，但又不想贸然离开——直觉告诉他，如果能知道更多有关海灵的事情，或许就能弄清自己天方夜谭般的离奇遭遇，甚至找到回家的办法。艾尔肯是亲眼看着爸爸抱着自己那具睡着了的身体回去的，他一直认定——甚至之后很久都这么认定，只要回到家了，他就会像爱丽丝那般梦游完仙境后，打个哈欠醒过来。

大概也真是如她之前所说，除了带自己到处游游看看认识这片海域外，红泼泼话都不愿跟他多说。随着时间的推移，漫无目的的瞎逛正不知不觉地消磨掉艾尔肯的耐心，而他对见到那位海灵的渴望，也由隐忍变得迫切。

中午时分，当他们默默穿过一片颇为广阔的巨藻林后，艾尔肯鼓起勇气问："红淼淼，你能不能告诉我，海灵到底是做什么的？你那位灵长，现在又在哪里？"

红淼淼随口应道："海灵们把所有的海洋划分为五大海系，分别称之为东木海、西金海、地中海、玄海、赤海。我们这里就是东木海。每一大海系又划分成数量不等大小各异的海域，每片海域则都有一位属于自己的海灵。海灵又分为心之海灵、瞳之海灵、鳞之海灵，维系海洋的平衡与海洋生命的生生不息，便是海灵存在的意义。所以说……"说到这里，她打住了口。作为小海灵，红淼淼突然意识到，自己居然一本正经地在这条地图鱼面前说着这些海灵常识，算不算是天大的笑话？一想到这些，她恼怒地转身面对艾尔肯："干吗要问我这些，你是故意的不是？"

艾尔肯一脸无辜："我哪里敢啊！"他根本不知这条小红鱼为何变脸比海上的变天还快。

认真打量对方几眼，红淼淼哼了一声，没再说话。过了一会，艾尔肯又小心地问："红淼淼，能不能，带我去见见你的灵长？"

"我的灵长很忙，现在你是见不着了。"红淼淼没好气地说。

"哦！"艾尔肯一脸失望，欲言又止。

见他一副可怜兮兮的模样，红淼淼心里一软，又说："你可以放心，灵长肯定会见你的，适当的时候。"

实际上，对于这条情况特殊的地图鱼，红淼淼是大概知道那些发生在他身上的事情的，但现在还不是让他知道一切的时候。让艾尔肯对海洋生出独属于他自己的真实感受，这是灵长所希望的。也是因此，那位灵长才要红淼淼这段时间多带艾尔肯到处看看，好让他对海洋和海洋生命尽快熟知。

"适当的时候是什么时候啊？"艾尔肯不敢这样问，只好"嗯"了一声。

此时，他们正顺着一道离海面不深的峡谷前游。谷坡上，颜色青褐的海藻一小丛一小片地沿坡生长，各种不知名的小鱼儿成群结队地依着藻丛戏耍追逐，不知疲倦，更无忧无虑。红渺渺在前艾尔肯在后，他们默默地游默默地看，游着看着，不知怎的，艾尔肯越看就越感觉孤单，离开海洋的念头又不断在他心头堆积。听她那样说，海灵应该很厉害吧？找到那位海灵，大概就真的能回家了。

艾尔肯一直游一直看一直这么想。

5

刚出峡谷，一个快速旋转的身影倏忽来到他们面前。

那是一条只有艾尔肯一半个头大小的蓝色鱼儿。自从来到海里，艾尔肯便发觉自己身体——也就是地图鱼的身体——的确变大了不少。当然，他已经不能像以往量度地图鱼那样，拿起尺子来量度自己，因而也无法确知自己的具体变化，但他却能清晰地感觉到，自己的体形比养在鱼缸里的时候大了好多好多——差不多有一米个头了吧？为什么会这样？他疑惑很久，却一直无法弄明。

——确实，让他想不明白的事情实在太多了。

蓝色鱼儿的样子很漂亮，但看起来有些奇特，它的两边胸鳍张开时，就像两把展开了的折扇骨一般，加之它身上有着众多的鳍条和棘刺，看上去如同京剧演员穿着插满雕翎护旗的戏服一般，蛮威风的。艾尔肯记得以前在水族馆里见过这种鱼儿，不过却是白、褐相间的颜色。但他忘记了这种鱼儿的名字。

蓝鱼在红渺渺的身旁一边慢慢旋转身体一边说："看看，红渺渺，我转得比以前更快更自如啦！"

"嗯,"红淅淅高兴地说,"那你能追得上我吗?"

才刚说完,红淅淅立即旋转着往前游去,很快便看不见她身影了。

蓝鱼并没立刻追上前去。它对着艾尔肯将背鳍竖起,又将扇形胸鳍大大张开,摆出一副凶巴巴的模样狠狠地说:"不准欺负红淅淅。"随后朝着红淅淅离开的方向追了过去。

大概过了一刻钟,红淅淅在艾尔肯的身后出现。她得意地说:"果然还是追不上我。"

"它是谁呀?干吗那么凶?"艾尔肯有些不高兴地问。

"它叫鲁冰渣,是狮子鱼中游得最快的。它是非常优秀的'海米',在我还不是小海灵时,它赶走一个老是欺负我的大坏蛋。"自从鲁冰渣出现后,红淅淅的态度明显好了许多,对艾尔肯说起话来也没那么冲了。

"我还没弄懂'海灵',怎么又来了个'海米'?干吗用这称呼,能不能解释一下?"

"有机会成为海灵的海族动物就可以称为'海米',它们都很聪明,也知道很多海里的事情。而你通常遇到那些只能够勉强交流一下的,就称之为'米沙',它们只能记得住对自己重要的东西。不过,海里最多的还是'沙叶',它们连简单的话语都不会说。"

说完后,她突然问:"你会玩转圈圈游戏吗?要不,你也试一下?"红淅淅也是小孩心性,一玩儿高兴了,态度也越来越好。

像刚才那样转着圈圈游?艾尔肯想了想:"不行,我肯定会被转晕。"

"那你会玩什么?"

这下子艾尔肯被问倒了,他去年暑假才在游泳班里学会简单的游泳,哪敢在水里玩游戏啊!他的情绪有些低沉,不敢去看红淅淅。

看着他别扭的神色,红淅淅说:"你不会笨到什么游戏都不会吧?"

"才不是!我会玩俄罗斯方块,我会玩弹珠,玩扑克,你会吗?"

"俄罗斯方块？扑克？那是什么呀！"

"连这都没听说过，你还说会玩游戏？"一说到自己熟悉的事情，艾尔肯便来劲了，"我可是班上的游戏高手，全班就我一人能打到一万分，连隔壁上中学的哥哥都玩儿不过我（显然是在吹牛）。他们总是乱玩，其实是有规律的……"

"停，停！"红淼淼瞪大眼睛看着他，"根本听不懂你在说什么，还一个劲说得天花乱坠！"

"喊！你们女生就是这样，什么都不懂，还不服气。"他突然想起了塞可娜，和她那头漂亮的小辫子，"算了，不和你一般见识。"

刚说完，一个倏忽而至的身影用蛮力将艾尔肯推撞到平板礁石外面——是鲁冰渣，它又回来了。这会它正侧着身子用棘刺对准艾尔肯大声说："说了不准欺负红淼淼，小心我把你扎成渣渣！"

明明是自己一直被欺负嘛，到底都是些什么怪鱼？它们还讲道理吗？艾尔肯也生气了，就在他打算和鲁冰渣进行肢体上的理论时，红淼淼适时地游到他们中间，大声说："不准打架，我会生气的！"

鲁冰渣朝艾尔肯瞪了瞪眼，转着圈圈离开了。

游离礁石，相互生闷气的艾尔肯和红淼淼谁也不理谁。从出峡谷开始，他们所经之处高低落差都不大，如同沙漠一般的海床上，除了零零星星地点缀了些少量珊瑚、海草、海藻之外，别无他物。像比谁更有耐性不先开口似的，两条鱼儿在枯燥单调的水底默默前游，不知不觉间，他们来到一个小岛跟前。

他们那时正沿着海面游，艾尔肯老远就看到小岛上长着的绿油油的树木，虽然有些稀疏，但总归有点儿陆地的感觉。

"这里有岛，"艾尔肯忍不住问，"是不是也会有人住在上面？"

显然是气还没消，红淼淼哼了一声，把头扭过另一边不看艾尔肯："这里是沙洲，不是岛，真是个呆瓜！"

我又没见过沙洲，哪里知道它们和岛之间有什么区别？怕被她取笑，艾尔肯也就没有说出。他憋闷之极——难不成遇到这样的一个"丫头片子"，就是为了考验我男子汉的气度？

"看上去，还不都是一样。"他边游边看，没忍住便低声嘀咕一句。

红澎澎斜睨他一眼，像是扳回了一局。她向艾尔肯解说的语气也缓和不少："波浪和海流可以把浅海的沙子堆积起来，形成的小小沙岛就称之为沙洲。你觉得，这样的地方人类能住吗？"

"那也是岛嘛。"他想了想后问，"不过，你带我来这里是要看什么呢？"

"就是到处看看。记住，是大海灵让我带你熟悉这片海域的，至于其他事情，我一概不管，所以你也别问那么多问题了。"说着说着，红澎澎又不耐烦了起来，"别浪费时间，抓紧到处看看吧，好歹我也是小海灵，还有很多事情要做的。"

艾尔肯沿着岸边慢慢地游，没再与她拌嘴。这个沙洲还是挺宽阔的，看到沙洲上长着的青草和树木，艾尔肯开始在脑海中幻想着真正的孤岛生活，他很快想到那个了不起的鲁滨孙。

如果自己现在也像他那样，只身漂流到杳无人烟的孤岛，为了生存下来，那么，自己要独自完成的事情可就多啦！他一边游一边饶有兴味地将记忆中的故事情节代入到自己身上：首先，要用沉船的桅杆做成木筏，将船上的食物、衣服、工具等等有用的东西通通运到岸上，再搭起帐篷并在周围安上栅栏，对了，好像还要在帐篷后面挖个洞穴用来居住什么的。当然啦，沙洲上应该挖不成洞穴，如此烦琐的事情就可以免去了。之后，他要去猎野味要去打鱼，他要到溪里取淡水，他要自己动手制作桌子椅子，等到度过最初的困难后，他还要尝试着在岛上种植大麦，接着就要自制木臼、木杵、筛子，因为大麦要加工成面粉，才能烘出不知是否香甜的馕饼来。为了让生活变得更加有模有样，他还得想方设法捕捉并驯养一对野山羊，必须是一公一母的，要让其繁殖小山羊才行……这会儿的工夫，他一贯的天马行空似乎有点儿刹不住车了。

算了吧，做鲁滨孙实在太难，还是做一条生活在海里的鱼儿来得自在。艾尔肯想。

这么游着看着想着，艾尔肯觉得天色已经不早，正想差不多要回去了。也是此时，红洇洇已经不耐烦地开口："你究竟要看到什么时候？再不走，我可要先回去啦！"

"那可不行，我会迷失方向的。"他跟在红洇洇身边往回游。

"那不是更好吗？让那些傻海雕把你抓走，我也省了一个麻烦。"红洇洇吓唬他说。

实际上，对于现下的艾尔肯来说，海洋里的确存在着一些他无法理解的危险，跟在他身边，红洇洇必须时刻提防着，只是，现在不能让他知道。

"不明白，为什么我被抓走了你会觉得高兴。"艾尔肯认真思考着红洇洇话语里的真假，"但听你这么说，我真的很伤心，我在这里连一个朋友都没有。"

看艾尔肯一脸委屈的样子，红洇洇也就没再奚落他。"但决不能对他太好，这是不可能改变的。"她在心里暗忖。是的，完成大海灵交代的事情，之后便再也不用管他了。

"紧跟我吧，可别跟丢了。"说完，她加快了速度。

6

翌日清晨，还在海藻丛中睡觉的艾尔肯又被弄醒了。那是一条银灰色的长着一只尖尖长鼻子的怪鱼，它正在寻找食物，不小心碰到了艾尔肯。

"哎哟！你是叫长鼻子鱼吗？"第一次见到这种鱼儿，他又禁不住好奇啦。

或许也是第一次见到地图鱼之故，艾尔肯才一开口，长鼻子鱼的身体便突然变了颜色，一头蹿进旁边的海藻丛躲藏起来。

肯定又是自己吓着它了——艾尔肯有点儿愧疚。可是，以往不管遇到什么样的鱼儿，不论自己对它们说些什么，它们也不至于怕成这样。顶多不理不睬罢了。可能是因为，它并不是与自己一同迁徙过来的鱼儿，他猜测。虽说他现在还不能记住每种鱼的模样，但却一下子产生了这样的直觉。

还是清晨时分，但鱼群已经活跃起来。

习惯性地，艾尔肯边游边向遇到的鱼儿打招呼。同样是遇到些说话不大着调的"米沙"，但他却总觉得不大对劲——以往，每逢艾尔肯从鱼群旁边经过，即便都是爱理不理的，却从不会向他摆出不友善的姿态。情况发生变化了。就刚刚遇到过的好些鱼群，一见他靠近，它们立刻生出警惕甚至排斥的行为，有些明明玩儿得正欢，听见他的招呼声后，反倒齐刷刷地安静下来，有些甚至一哄而散。

此时，艾尔肯正慢慢游向一处珊瑚丛的顶端。一阵强烈的震动从远处传来。

艾尔肯心里一急，以为又来渔船了，便朝着震动的方向快速游去。前方海面黑压压地显现一大片阴影，很显然，震动来自于此。但他只游了一会便停了下来。

根本不用艾尔肯白费力气前游——以铺天盖地的姿态，朝着艾尔肯所处的方位，黑压压的阴影浩荡而来。

那是一大队迁徙中途经此处的鱼群。"噢——"艾尔肯从胸腔挤出一声长长的感叹。

艾尔肯刚刚来到海洋时，作为迁徙鱼群的一分子，他一直处于紧张氛围当中而无暇顾及，回过头来，他现在才真正感受到迁徙场面的壮观：一队一队的鱼群，就像一幅幅漂移的巨型幕布，所到之处，整片海面都被遮挡严实，海下如同黑夜降临。

不想凑这种热闹，艾尔肯主动往海下沉去。让他没想到的是，那些鱼群来到他的头顶上面后，不但减慢了前游速度，紧接着，它们居然四下散开。游经艾尔肯身边时，他发现原来全都是黄貂鱼：一种褐色的、身体扁平像蝙蝠鱼一样的鱼儿，眼睛非常小，拖着条仿似小皮鞭的细长尾巴。从它们背脊的正中直至尾端，长有一纵列尖尖的骨刺。

艾尔肯随即想起，鲁冰渣的身上也有这种刺儿。他知道狮子鱼的刺是有毒的，但不知道黄貂鱼的刺有毒没有？还是远远避开好了——被那样的尾巴在身上抽一下，一定疼得要命，他不用想都知道。

看来，一些临时撤走的原住鱼又迁徙回来了。一边朝着珊瑚礁里边游去，艾尔肯一边想：那它们之前为什么要临时迁走？是不是听了海灵的吩咐？可为什么海灵又要让它们回来？难道这里的海灵开始不欢迎我们了？

艾尔肯不知道自己为何会生出这样的想法，他也没有思考自己这种想法的合理性，但他越想内心就越是不安——如果连这里的海灵也要赶我们走，那我们又将迁去哪里才是！

带着忐忑的心情，一路上他遇到这种刚刚回迁的鱼儿好几次。别看它们的身体看上去软塌塌的，游起来时却个个来势汹汹，尤其那些大块头，遇到比自己个头小看上去又好欺负的鱼儿，便一个劲地横冲直撞，那嚣张的架势与电影里的傻瓜大反派如出一辙。

为了避开它们，艾尔肯游进了那个不甚开阔却感觉很深的峡谷——昨天与红淼淼经过此地时，他并没有潜到下面去看。

"哼，小心吃俺老孙一棒！"他自言自语着，脑子里尽是《西游记》里孙悟空遇见妖怪时的画面——蛮横的大家伙早晚会被齐天大圣降服。

"老孙是谁？"不知道从哪里传来一个忽高忽低的声音。

"一个很厉害的人物。"艾尔肯随口应道。

不过他转念一想又觉得不对，孙悟空是猴子，猴子能称为"人物"吗？是不是应该叫"一个很厉害的角色"才对？他一边四下里寻找声音的来源，一边任由脑子胡乱地跑火车。

"不晓得，我只知道变形金刚。"那个声音抽抽搭搭的，像在哭泣一般。

峡谷里实在难以分辨声音的明确方向，来来回回一番好找，艾尔肯终于在一个被珊瑚挡住的礁石平台上找到了与他说话的鱼儿——或者叫"人面鱼"会更准确些：那是一条胖嘟嘟的鱼儿，它有一只扁塌塌的大鼻子、一双又黑又小的眼珠、一张大大的嘴巴，除开少了一双耳朵外，它的五官基本与人相似，但又异常地扭曲丑怪。它趴在礁石台上，一动不动，那满脸戚戚的悲伤神色，让艾尔肯看了顿觉心情急转直下。

7

它为什么这样悲伤啊！望着它，艾尔肯一时间也不知该说些什么才好。

"你是觉得我长得丑了点，还是认为我过于忧伤？"一开口，它立即哭泣起来，它边哭边说，"或者是，两样都有？"

"是……不是……"根本没料到它会问得这么直接，艾尔肯想要如实回答，又怕那样说了不仅没有礼貌，还会让它愈加伤心。结巴了好一阵子，他才嗫嚅地问："你……你是什么鱼？你叫什么名字？"

"我叫波波，水滴鱼波波。"

"我叫艾尔肯，是一条地图鱼，前不久又多了一个叫'渡渡'的名字，

不过我还是喜欢别人叫我艾尔肯。"听它说起话来蛮有条有理的，又见它始终是一副郁郁不乐的模样，于是他学着大人说话的语气，端起声音说，"样子长得丑点儿其实没什么，心灵美一切都美！请你不要那么伤心了，好吗？"

"我没有伤心呀！其实，我心里正高兴来着。"它说起话来依然抽抽搭搭，"你不但没能感受出我内心的喜悦，反而相信了我忧伤的外表。"

"那你就不要再哭了，弄得我都想和你大哭一场。有话就好好说嘛！"

"我哪里有哭呢，你不但没能感受到我的喜悦，又再次误解了我说话的声音。"波波依然边哭边说，但抽搭得好像没那么厉害了，"你要知道，平常里呀，我生活在很深很深的海底下，那里生活的压力呀，可就大啦，在那种环境下待久了，自然而然，我就变成这副哭丧模样啦，哪怕是说话的腔调，也变成哭腔啦！"

"那你现在……真是开心快乐的？"艾尔肯再次打量着它——明明就是一脸愁断肠的苦样儿，真是搞不懂，它的快乐究竟写在哪里？

"当然啦，我正高兴着呢，请你一定要相信我的话，千万不要被外表欺骗。不信你明晚来看看。"

"好吧，你高兴就好。"艾尔肯终于发现，它不说话的时候确实听不到抽抽搭搭的哭泣声。无论如何，他喜欢看到大家都开开心心的。想到它之前说过的话，他又忙不迭地问："为什么，你会知道变形金刚？"

"我看见过呀！那些特别的日子里，我总会从电视上看到变形金刚拯救地球的壮举。可是我越看就越觉得不对，真的不对。你想想呀，地球原本就好好的，之所以变得越来越糟糕，不就是从变形金刚来到之后开始的？如果它们从未出现在地球，地球也就没有被拯来救去的必要啦。"

它这样说的时候，看起来好像变得更加忧伤了。艾尔肯实在不想被它的怪模样影响，只好左顾右盼地跟它说话："既然看过电视，那你肯定见过人类啦！"

"当然见过！我曾经生活在一个冷冷硬硬的透明的大屋子里，屋子外就放了一台电视机。电视里总会有些人说，他们是如何保护森林保护海洋，说完之后，变形金刚就开始拯救地球来啦。告诉你吧，有许多人主动找我说话呢。"

"真的吗？你还知道些什么？"难得遇到一条去过人类世界的鱼儿，艾尔肯很想多聊一些关于人的话题，聊什么都无所谓。

"曾经有个小女孩，她常常站在外面，拿着书本给我讲《爱丽丝梦游仙境》，你看过这个故事吗？"

"嗯，看过看过，爱丽丝追着兔子跌进兔子洞了。"艾尔肯连忙说。

"可我经常想，如果爱丽丝没有追着兔子跑，反而是兔子追着爱丽丝跑的话，那又会怎样呢？"

"我……我也不知道，那会怎样？"艾尔肯说。他从来没有做过这样的假设，况且，他一时间忘记爱丽丝是在做梦状态下的。

"你一旦开始有了那样的想法，你就立刻成为故事的主人啦，想做什么都可以了。你说是不是？"

"好像是那么回事……又好像不对。"艾尔肯想了一会儿，但还是没有想明白。他只好又问："那个，能不能告诉我，你是怎么回来的？"

艾尔肯已经猜到，它曾经被抓到海洋公园里去了。

"在那个屋子里呀，每天都有各种各样的人来看我，男的女的老的少的，有些人还特别能说，絮絮叨叨说个没完。"像是在回忆，波波过了好一会才接着说，"后来呀，和我住在一起的那些大大小小的鱼儿都无聊死了，真的，是一个接一个无聊死的。无论怎么努力，人们都无法找出它们的真正死因，干脆就放我回来啦！"

艾尔肯觉得波波这番话实在有些不靠谱，但他也没有追究它真实性的意愿。于是他又问："趴在这里一动不动的，你在干吗？"

"思考呀，作为鱼之哲学家，思考是我最重要的工作。"

"哎哟，"艾尔肯感到惊讶，"真是了不起，你还是哲学家呢！"他知道作为地质学家的爸爸总喜欢整天捣鼓着石头泥沙，作为舞蹈家的妈妈，她每天都在跳舞。作为哲学家的鱼儿呢？

"那你，思考什么？"

"我在思考和总结人们曾经在我面前的絮絮叨叨。就在刚才，我为此完成了一首诗。终于完成了这首由鱼所作的关于人的诗，我正高兴着呢！作为鱼儿的你，应该要认真听听才是。"说完，也不管艾尔肯是否愿意，波波便自顾自地诵念起来。

当然了，依然用它独特的抽抽搭搭的语调：

来则来兮，去则去矣——
我絮絮叨叨，来回呓语：
有一天我吃一只螃蟹——
你也吃，吃得张牙舞爪。
有一天一条鲨鱼追我——
你也追，追逐无数的鲨鱼。
我喜，你也喜；
我怒，你也怒；
我哀，你也哀；
我乐，你也乐……
我顿悟了呢？
真是烦透了——
对你做尽该做与不该做的，

你微微笑了。

你睡眼蒙眬，不知何去何从；
我抛弃正路，方始步入其中；
他摧眉折腰深涉尘世，他横眉冷对笑看人间。
抬头仰问你是谁？
永在否定的精灵——依偎相随。
我活得像水母轻盈，过得像海马赤条。
他来了，她来了，他们也来了。
他走了，她走了，他们都走了。
唯独把我丢进，幽深漆黑的海洋。
回不去尘俗里，我是只鱼中之哲。
都走吧，抛开一切虚影，
留我独自絮絮叨叨，
在心里发笑。

由于总是抽搭着，好不容易的，波波才将整首诗歌朗诵完毕。

艾尔肯却完全听不明白。他低声嘀咕：哲学家真是玄乎，就像隔壁的姆妈念经，真够絮絮叨叨的。不过，当真是在海里待得久了，只要能听到一丁点儿关于人的事情，他仍然乐意听下去。

没有听见波波再说话了。艾尔肯喊了两声，发现它原来已经睡了过去。正想摇醒它时，远处传来了呼唤他的声音。

让它继续睡觉吧。艾尔肯一边循着声音往上游，一边在心里打算——波波刚才说过，明晚还可以过来找它的。

第四章 龙女灵洼

1

"喂,渡渡……那个叫渡渡的!"像一支旋转飞镖般,蓝色的身影以极快的速度向艾尔肯靠近。

当然是鲁冰渣。来到艾尔肯面前,它总算停止了旋转:"渡渡是吧,红淅淅让我来找你,她要带你去周边的海域继续观看。"

"一直转圈圈的,你就不会头晕吗?"艾尔肯忍不住问突然出现的狮子鱼。

"才不会呢……我刚刚说到哪了?"鲁冰渣晃了晃脑袋,"没错,红淅淅要找你!"

不知红淅淅还有没有因为昨天的不欢生气?艾尔肯想。但他现在一点都不在意了——与知道各种人类事情的波波一番交谈后,他感觉舒畅多了。

"一起去她那儿吧。"他说。见到红淅淅后,他打算首先道个歉——妈妈说过男生是要让着女生的——谁让她们天生就有小气的权利呢!

"才不去呢，这片海域我早就看遍看腻啦！小屁鱼似的被带着到处游看，也只有你这种没见过世面的家伙！"

艾尔肯没有说话。难得的好心情也被鲁冰渣的出言不逊败坏不少。这般蛮横无理的家伙，也只有红淼淼才会认为它是优秀的！

一转身，朝着鲁冰渣所指的方向，他快速游走了。

"大清早的，你去哪了？"一见到艾尔肯，红淼淼就用责备的语气问。

"你找我干什么？"艾尔肯还在生鲁冰渣的气，本已想好的道歉言词，已经不想说了。

"当然是带你继续观看啦！"

"我又不是小屁鱼，要看的话我可以自己去。"一想到鲁冰渣对他的嘲笑，艾尔肯气鼓鼓地回道。

"那可不行，带你尽快地熟悉这片海域是我的任务。"红淼淼说，"知道吗，是尽快！"

艾尔肯本想坚持不去，但看到红淼淼焦急的样子，他又问："如果我不答应，你会哭吗？"

"你真会胡说八道，我干吗要哭！"红淼淼立刻大声反驳，接着声音却低了下来，"完成不了任务的话，可能会、会……"

"会怎样？"

"不知道，但肯定是少不了受责罚。"

她纠结的样子和塞可娜很像，都会紧紧地抿着唇。他有点不忍心，说："我还是陪你去吧！"

"错了！"她把声音拔高了几个分贝，"是我陪你！"

他撇了撇嘴巴，不想再纠缠这个不愉快的话题："随你好了，你说什么都可以。"

哼！红澎澎回了一声，心里却为他的迁就感到高兴。寻常的日子里，鲁冰渣和她那贪吃的弟弟就经常不听她的话。虽然他确实让自己讨厌，但总算有个还过得去的优点，她想。

两条颜色鲜艳的鱼儿结伴在一片窄长的珊瑚带上边游边看。在这里，鱼儿们好像永远都不知疲惫，总喜欢来来回回地相互追逐玩耍。偶尔游近海面，艾尔肯立即听见沙沙的海浪声——今天的风有点急，从下面也能看到海面上一排排的白浪。不知不觉间，眼前出现一块广阔的海草地，翻过一处隆起的草坡后，艾尔肯感受到一股异样的气息。游到近处一看，原来是一大群海牛正在打架。

"是你的海牛，和我的海牛！"红澎澎无奈地说。

"怎么回事，海牛还分你的我的？"艾尔肯很是不解，自己什么时候拥有过一群海牛？再说了，养那么多海牛需要多大的草场才行，我哪里去找啊！

"是你带过来的和原本住在这里的海牛，都什么时候了，你还这么较真！"红澎澎赶紧游了过去。在"爱较真"的艾尔肯还在考究"是你较真还是我较真"这个问题时，两拨海牛早已打得不可开交。

倒也不是像人打架那般的拳来脚往。海草地上，海牛们分成两方，对峙的阵营中各自出来一只身强体壮的，它们头抵着头嘴碰着嘴，铆足了吃草的劲儿用力向前推搡，谁也不愿后退半点。双方其余的海牛则通通站在后面，睁着圆滚滚的小眼睛相互瞪视。

"显而易见，谁先被顶回自己的海牛群里，谁就输了。"不远处的一块岩石上方，一只看热闹的怪鱼突然对游近它身边的艾尔肯说。怪鱼的模样跟梭子蟹差不多，但却长着一张奇特而鲜红的大嘴巴，鼻管和眼睛组合起来又有点儿像蛤蟆。它用四个鱼鳍像脚一样支撑在岩石上，时而前后时而左右地踱着，不停地摆动尾巴。它看得津津有味。

"输了会怎样？"艾尔肯问它。

别看它相貌奇特有趣，神情却是相当严肃，它头也不回地对艾尔肯说："输了要饿肚子哦，饿整整三天呀，对于生来就是为食物而战斗的勇士来说，这将是充满屈辱的三天！"

"可是，这里明明有那么多水草……"

"别说话！"它把前边的鱼鳍抬到嘴边，做了一个"嘘"的手势，接着说，"这是海洋世代第二千零一十八个海龟世纪的第五十四场海牛大战，这注定是一出即将载入史册的战争，闲杂鱼等一律不得插口。更不能插手！"

"你怎么知道这是第五十四场大战？"艾尔肯问。比起海牛傻憨憨地斗力气，他对这条怪鱼更来兴趣："对了，你的样子好奇特，你叫什么名字？"

红泺泺却在旁边担忧地说："不能让它们这样争斗下去，必须阻止它们！"

"为什么？"艾尔肯问。

"如果一只只地轮流比下去，无论输赢，它们都将耗尽力气，到那时，一旦有鲨鱼过来捕食，它们只能乖乖地被吃掉！"红泺泺越说越着急，"不行，我得去阻止它们！"

"不行！你们这两条闲杂鱼，绝对不可以扰乱历史的进程！"怪鱼伸出另一只鱼鳍挡在红泺泺面前。它嘴角下弯的红唇使得它看上去既威严又可笑。

"我是小海灵，谁说我不能阻止！"

"海灵！"怪鱼吓了一跳，却又装作满不在乎的模样说，"小海灵不是真正的海灵，你更不能随意更改历史。战争是任何时代都少不了的产物。所有浩大的战争都将成为历史的主旋律！我们红唇蝙蝠鱼注定是历史的见证鱼！我要把这场战争完整记录下来，好让子孙后代一代代传诵下去。也只有这样做，才能有史为鉴。"

它越说越激动。红湃湃白了它一眼："神经兮兮的，你应该去找医生鱼清洁一下脑子了。"她朝着海牛中间游去，向那两只正斗得海沙滚滚的海牛大喊，"别斗了，都给我停下来！"

然而，那两只海牛并没有搭理她。就连围观的海牛也都不看她一眼。

哼！红唇蝙蝠鱼不满地说："难道你还不明白，它们正在为荣誉而战，退缩者将永远被钉在历史的耻辱柱上！"

"看出来了，你起哄的本事挺有一套的！"艾尔肯不再理会红唇蝙蝠鱼，他游出来大声说，"蛮力是解决不了问题的，你们都不用再比了，我已经想到办法啦！"

比起红湃湃，他的这一喊倒起了作用，所有的海牛，包括在附近围观的鱼儿、海龟等，就连水草都好像向他行起注目礼一般，齐刷刷地朝他探过头来。

一下子受到如此多的关注，艾尔肯反而有些不好意思，不过他还是硬着头皮说："你们一群吃左边的草，另一群在右边吃，不准越界去到另一边偷吃，谁违反了规定，罚谁一天没草吃。"

好像接受了他的建议一般，原本密密麻麻的两群海牛一左一右各自散开，露出了底下那些浑若无事的海龟。艾尔肯想了想又说："海龟吃中间的。对，就是这样，开动啦！"

很快，海底草地上出现了一个奇怪的景观，海龟们像一条分割线般在中央慢悠悠地爬来爬去，刚刚还斗得不可开交的两群海牛，则已相安无事，乖乖的没有一只越界。

"也是个办法。"红湃湃说。

受到表扬的艾尔肯正想谦虚一下时，红唇蝙蝠鱼抬起胸鳍指着他们大声喊："错了，错了！根据我的经验，战争一旦打响，不留下惨痛的教训是不会结束的！接下来，肯定会有更大的事情发生……"

"你省口气不行吗！"红淅淅不满地说。

就是嘛，艾尔肯想，海洋里的鱼儿跟他学校里的同学一样，什么古怪性格的都有。他们一起离开草地，不再理会红唇蝙蝠鱼的危言耸听。

2

"我们还要去哪里？"他问红淅淅。

说到正事，红淅淅又一本正经地说："鉴于现在的你对海洋世界的无知，我决定了，要对你进行全面的基础知识普及。"

她接着闭上眼睛，随口哼出一小段古怪却好听的调子。正当艾尔肯想问"这是什么曲子"时，红淅淅身前的海水突然荡漾出一片红光，但还没等他反应过来，红光已然消退，取而代之的，是一株色泽鲜红的大海葵。艾尔肯看得双眼圆瞪。海葵是圆盘状的，周边摇晃着数不胜数的艳红触须，中间则是金黄色的，水汪汪晶莹剔透。它轻盈地漂浮在水里。比起它那漂亮好看的模样，艾尔肯更好奇它为什么会突然出现。

他想试一下海葵的触感。但才刚伸出胸鳍，红淅淅就拍了他一下："不是你的东西，不能乱碰！"

碰都碰不得！艾尔肯咕哝一声把脸转向一边，心里想：只是一只漂亮点儿的海葵而已，又有什么好稀罕的？海里好玩儿的东西多得很！但他眼角的余光却偷偷瞄住红海葵不放。

红淅淅拿胸鳍轻轻拨弄一下，海葵上的触须就开始旋转起来。她跟艾尔肯解释说："这是《海洋说》，它是海灵的灵力与海灵的记忆结合生成的，是积累海洋记忆的灵体。每位海灵都拥有属于自己的《海洋说》。有关海洋的一切发展变化，在它这里基本都能找到答案。"

"可是这海葵上，连一个文字都没有。"艾尔肯觉得太不可思议了。

"人类的文字是死的，我们的《海洋说》是活的。最重要的是，《海洋说》绝不会说谎！"说完后，红淼淼再次哼出古怪的调子。只是这回的曲调与刚才的有些不一样，但到底是哪里改变了，艾尔肯一时间也分辨不出。随着红淼淼的吟唱，海葵鲜红的触须就像灵性十足的毛笔，随着它们的划动，水里不断显出一只只半透明的红色蝌蚪，大小和形态似乎都各不相同。蝌蚪的数量达到三十六只时便没再增加，它们自觉地摆动小尾巴，排列出一种扭曲却立体的形态——非要说它像什么的话，那就是一只变异了的大蝌蚪。

看着这只大蝌蚪，红淼淼照本宣科般读起来："海洋分为大洋表层、中层区、次深海区、深海区和深渊区。也就是说，海洋里有些地方非常深，漆黑一片没有光亮，能在那里生活的动物也是相当地少……"随着她的阅读的进行，大小蝌蚪的形态偶尔也有一些变化。

艾尔肯被眼前的事物彻底吸引。但他怕被红淼淼骂，也就没敢去碰那些变化移动的蝌蚪，可他还是忍不住打断红淼淼问："你刚才唱的是什么曲子？这些红蝌蚪就是所谓的'蝌蚪文'吗？"

"要和《海洋说》沟通，就必须用海洋自身的语言，我刚才是在吟唱海言。我问了它一些关于海洋的基本常识，它就把答案通过'海蚪'显示出来。如果你懂海蚪的话，你直接听也行，不看也是可以的。"红淼淼知道，如果不给他解释清楚，他肯定会问个没完没了的，"你现在啊，就是个海洋白痴，还是从最基本的开始吧，我念你听，好好记住就行！"

"嗯！"艾尔肯郑重地点了点头。他一瞬不瞬地盯住大海葵的触须看：如果我也有一支能画红蝌蚪的海葵毛笔的话，一定会让这些小蝌蚪整天围着自己打转，那样一来肯定会显得很有学问！做一条博士鱼也不比波波的哲学鱼差吧……艾尔肯又开始异想天开了。

红淼淼一边游一边照着《海洋说》控制的海蚪念给艾尔肯听，有时遇到有其他动物经过或是前面出现岩石时，她一眼不看就轻易绕开了，对此，艾尔肯颇感佩服——他可不敢一边看书一边横穿马路。

"……至于我们刚才遇见的海底山丘，那其实是珊瑚礁。珊瑚礁主要分为三种，岸礁、堡礁和环礁。岸礁是指……"红渺渺认真地给艾尔肯科普着——一旦动了真格，她就很难打住。

看来，她就是这样的一条认真鱼。艾尔肯暗暗对红渺渺进行评价。

"抱歉，打扰一下。"艾尔肯越听越觉得犯困，"你一下子讲那么多，我可无法记住，不如直接让我自己看，你教会我认识海蚪便行。"

"唉！"叹了口气，红渺渺转身望着艾尔肯摇摇头，十足一副小老师的模样，"知道吗？现在的你，教了也只是白教。"

不管红渺渺话里究竟有什么意思，艾尔肯实在不希望像听课那般乏味地听下去了，趁她停了下来，他赶紧岔开话题："我今年已经十岁了，红渺渺你呢？"

果然，一提别的问题，红渺渺的思绪便被支开，她边想边慢慢地指挥海蚪回到《海洋说》里，半晌才开口："十岁？岁是什么东西？"

"你连这个都不知道？岁就是年龄的单位呀，一年就是一岁，两年就是两岁！"艾尔肯索性循着这个话题，头头是道地开讲起来，"人类将一年分为365天，一天分为24小时，一小时里有60分钟，一分钟又分为……"

"分？秒？哪条鱼儿会将时间分割得那么小份？"红渺渺说，"你要知道，根本就不用看什么分呀秒呀的，招潮蟹依然能在潮水到达前，准确无误地回到它们的泥窝子。"

"是要细分才行呀！不然的话，上课下课的时间就不准确了，考试时交卷也可以拖拖拉拉了，谁的分数高谁的分数低就难以评判了。我可是年年考试都排第一……"艾尔肯开始担心红渺渺：一点时间观念都没有，怎么可以这样呢。

实际上，此时的艾尔肯并没有那种意识——大自然中除了人类的几乎所有生物，都有着属于它们自身的生物钟：化作了繁衍生息的规律，在季节更替和月缺月圆日升日落之间，时间对于它们来说，是具备温度的感性之物。人类的时间观念是恒定却冰冷的。人类的时间观念只能存在于人类本身。

"打住！不要再说了。"红淼淼打断他，"不要再讲你那些奇奇怪怪的话！还有，你昨天说的那个叫俄罗斯方块什么的，我回去问了好多鱼儿，它们都没有听过。"

不待艾尔肯接口，红淼淼又说："为什么你总会说些傻里傻气的怪话？难道真的有海水进到你的脑子里了？我曾经听一条白鲸说过它脑子进水的经历，它说它那时一开口就胡言乱语，为此苦恼了好久。"

艾尔肯只听得两眼发呆。他有点觉得红淼淼是为了调侃自己才故意这么说的，但话说到这个份上，艾尔肯开始意识到，人与鱼始终不同，不能和鱼儿们说太多关于人的事情，说了它们也不懂，除非是遇到像波波那样在陆地上待久了的。人对鱼的不了解与鱼对人的不了解是对等的。这么说起来，自己不了解海洋，不知道她的那只海葵是怎么突然冒出来，也是正常不过的。不知不觉间，他竟然学会了换位思考。遗憾的是，他这种形式的"换位思考"，只是自己找下台阶的借口而已。

"好吧，"他说，"以后我就不说那些了。但你也不要总拿一些我不懂的事情来笑话我，好不好？地图鱼的脑袋那么小，哪里能什么都懂啊！"

红淼淼没有马上回应他。她嘟起嘴巴喷了一串泡泡。她突然用自己的尾巴用力往艾尔肯的尾巴拍了一下："好啦，我们尾约吧！"

"'尾约'是什么？"艾尔肯摆了摆自己的尾巴。被她拍到的地方还真有点疼。

"就是约定的仪式呀，你就那么的……唉，'尾约'就是两条鱼一起决定了不能耍赖的事情！"她好不容易把那个"笨"字咽了回去。

"就是拉钩嘛！尾约尾约的，多难听！"艾尔肯总算弄懂了。

"拉钩？我最是讨厌鱼钩了，那是最可恶的东西！"红淼淼气愤地说。

看到红淼淼的这个模样，艾尔肯也不敢再与她阐述"拉钩"的意义了。

接下来，他们又去了好几处其他的地方。

"下次吧，我带你去看看大斜坡！"看着黄昏海面上的夕阳，红淼淼说。

艾尔肯游到她身边，用自己的尾巴小心翼翼地在她的尾巴上拍了一下——他不敢过于用力，毕竟上一次，他被一致认为是"揪"过塞可娜头发的人。

"哼！"红淼淼扭头钻回水里。

"喂喂喂，说好的尾约呢？"艾尔肯着急地追了下去。他突然感觉自己的尾巴被重重拍了一下。

"'尾约'也不用点力，谁会记得住！"红淼淼说话的声音渐渐远去。

"还是少点尾约吧，感觉也太不爷们了！"艾尔肯停下来呆想。看到红淼淼已经将自己远远地抛在后面，他赶紧追了上去。

3

第二天，艾尔肯是在月亮升起的时候出去的。

那是一轮略带金黄的满月，他曾经探上水面观看，感觉就像一只硕大的白面馕饼。艾尔肯呆望了好一会才潜回水中。去到峡谷附近，在一处凸起的旁边有些珊瑚丛的礁石上，他远远便看见波波趴在月光浸润的海水中。皓白的月华萦绕在它浅粉色的身体周围。

"晚上好，波波。"艾尔肯冲着依然一脸忧伤的波波打招呼。

"你好，自由自在的渡渡。"波波点了一下头。它的大鼻子因而轻晃了一下。

"今晚的月光很漂亮，你看到没有？"想到昨天的谈话，艾尔肯不等波波回答，他又说，"还有，你昨天说的话实在太过玄乎，就像猜谜语，弄得我到现在还云里雾里的，请不要再说那些啦！"

"那就说说'生命的终结'好了，不管鱼类鸟类兽类抑或是人类，它都是一个永远说不完的话题。"波波一旦开口，说话的声音依然抽抽搭搭，"况且，它正发生在你眼前。"

"我认为，这也不是现在的我能够弄懂的。"艾尔肯建议波波更换话题，比如说说它所住的深海啦，说说他在陆地上其他的见闻啦，最好能说些具体的，哪怕是海洋公园里的那些叔叔阿姨——他想多聊一些关于人的事情，那样的话一定会更加愉快。

"可是，就算你不愿意听，就算我不再说了，也无法阻止它正在一刻不停地进行呀！"波波轻微晃了晃头，接着说，"而且，它此刻已经离我很近，我清清楚楚感受到它的存在了。"

"你是说，你快要……"一下子，艾尔肯得出了一个他有些不敢相信的结论，"死了？"

"对呀。相对于诞生——就新生命而言——那是一种无知无觉的事情，死亡刚好相反，那是身与心都能感受到的，只要你愿意去感受。比起诞生来说，我觉得死亡有趣多了。"

"你是说，死亡的感觉是有趣的？你真是，要死了？"看来，波波确实是一条喜欢胡言乱语的鱼儿，艾尔肯想。

"是的。就在过一会儿之后的'将来'，哦，当然还有'现在'，我会一点儿一点儿地向死的方向靠拢。就在我刚才跟你说话之间的'过去'里，我已经死去一部分了。"说话间，波波竟然开始数起了数字，1，2，3……

当然，它数得相当慢。

艾尔肯看着他数了好一会儿，一直数到49也没见到特别的事情发生。他连忙阻止它："别数了，再数下去可就来不及啦。"数字是无穷无尽的，他生怕它数个没完，他也生怕它数着数着又像昨天那样睡着了。

"来不及什么？"波波问。

"来不及说你在人类世界的见闻呀！来不及上班，来不及讲故事，来不及玩游戏，来不及吃饭、睡觉、生宝宝，好多好多都会来不及的。好像我每次睡过头，起床后来不及梳头发来不及刷牙来不及洗脸——水里应该不用洗脸喽，我必须得准时赶回学校，迟到了可要罚站的。"艾尔肯想都没想一通胡说，目的是想引起波波说话的兴趣。

果然，波波接口便说："上学迟到？那可得抓紧了。我认识的一个人就从不上班迟到，每天都会早早起来，有时候月亮还没落下就起来了。"它停下来想了想，然后又摇摇头说，"不对，我不用上班，不用上学，吃得不多，想得也不多，所以，我没什么好来不及的。"说完，50、51、52……它接着49的后面又数了起来。

艾尔肯耐心地听它数了好一会儿。他突然问："我知道了，你其实是来不及数数吧？"

"怎么会呢！你没见我数得很慢，一点儿都不匆忙吗？1、2、3……"

"怎么不接着88数下去呢？"艾尔肯分明听到它刚才数到的数字是88。

"告诉你吧，曾经有过一个小男孩来到我的面前，他从1开始慢慢地数到88，停下后，他又再次从1数到88，之后又重复数了几遍。他刚刚来到的时候，一脸沮丧的神色，和我真是不分上下，但重复数过几遍后，整个人都灿烂起来啦！因此我觉得，这里面一定蕴藏着快乐的秘密！"

说完之后，波波又重复地数它的数字去了。说来也奇怪，它好像真的越数越开心，说话时，它的声音里听着已经没有抽搭声了。

"不对不对,还是让我教你往下数吧!88后面是89、90、91,还有好多好多,如果有无限的时间,我能从1数到无限大。还有就是,1的后面是0,0后面是-1、-2,也可以无限地往后数。你要尝试一下这样往后数下去吗?"总是迫不及待地,艾尔肯说出他认为理所当然的东西。

"0?0,0……"波波把眼珠子朝下看了一眼,又向上看了一眼,最后费了好大的劲才抽动了一下鼻子。它大概是想"皱眉头",可它没有眉头呀!艾尔肯被它这副滑稽表情弄得心里发笑。

沉默。他们都没有说话。

然后波波打破沉默:"不要不要!我觉得从1数到88就已经足够了,我足够开心啦,我不需要那么多……那么多的……数字……"它说话的声音逐渐变小,直到嘴巴不再张合。

"波波,波波。"艾尔肯叫了两声。波波却没有回应。正当艾尔肯想挨过去摇醒它时,从波波的嘴巴里,一条散发着银色微光的半透明的小鱼儿飞了出来。小鱼的个头比波波小了一半,模样儿倒是大致相同,但神情看上去却快活极了。

银色的小鱼波波在水里自由自在地绕了几圈,然后飞走了。

艾尔肯很确定那是"飞",因为,当它经过自己的身边时,水里并没有产生一丁点儿的波动。小波波飞得很快,眨眼间就飞到峡谷下面的礁石丛里。艾尔肯当然追了下去,且用尽全力飞快地追。

一前一后,他们游往峡谷深处。其间,穿过了几片狭长的海藻林;当艾尔肯迎面插进一大片磷虾群时,磷虾散发出蓝幽幽的冷光;没过多久,他们又在一群腹部发光的圆罩鱼的照射下快速闪过;在经过一处崖壁时,一只认识艾尔肯的大章鱼询问他究竟要赶去哪里。不过,艾尔肯根本就没空搭理,他怕自己一开口就跟不上小波波的身影。

4

追着追着，艾尔肯来到一处陌生而奇特的地方。

四下里，无数根石柱以苍穹之外倾泻而下的姿态林立在迷蒙缥缈的海水中，高不见顶深不见底。石柱形态参差，扭、折、绕、曲、扁、弯……像是哪位天神在喝酒之后以闪电为笔一一绘就，一一诡状殊形。有一种类似苔藓的褐色植被斑驳地覆盖在柱壁上，植被上又长了些大小不一的锯齿状叶子，有的叶子会散发蓝光，有的红光暗转，有的银光流动。这里究竟是什么地方？这些怪模怪样的石柱有什么用处？苔藓干吗会长出叶子并且还会发光？海里真是什么古怪事物都有呀！艾尔肯边追边看边想——姑且称之为"怪柱林"好了。从进入怪柱林开始，他便没见到任何其他的动物。不过，他依然尾随在小波波后面。一前一后，他们往怪柱林内深深挺进。在一条从上至下都不断弯曲打折的石柱上，艾尔肯看到一个隐泛淡淡金光的洞口。小波波刚刚钻入洞内了。

他紧跟进洞。一路追来，艾尔肯一直在想，小波波肯定是波波死后的魂魄，鱼死后居然会变成这种东西，实在太不可思议了！那么，它接着还会怎样？是再变成别的什么东西，抑或消失不见？好奇心空前膨胀的艾尔肯觉得，不找小波波问个明白，他肯定几天几夜睡不着觉。如果可以的话，他更想知道，干吗它可以那么轻松地死去，死后又那么快乐！

一路追来，时间也逐渐消逝。

洞内的光线明暗不定，艾尔肯很快跟丢了。幸好没有任何岔口，沿着七拐八弯的小洞，他依然继续往前，洞内有些地方非常狭小，但他勉强还可以通过。要是换作依然活着的波波，以它胖嘟嘟的身形，会不会被卡住而动弹不得？继续往里深入后，洞内的空间慢慢变得宽阔了些。

游着游着，艾尔肯内心突然一悸！自己好像失去对方向的辨识了？他闭上眼睛，调动自己作为鱼儿的所有敏感感观认真感受。是的，除了分不清东南西北，来自水的浮力好像完全消失，艾尔肯竟然连自己究竟正往上游、还是向下游都无法判别。他甚至察觉不出，自己到底是前进着抑或后退着？

艾尔肯就这般惘然茫然地游动——漫长狭窄的洞穴宛如一根看不见的绳索，将他缚于其中。

他仿若幡然醒悟般深深打了个寒战。从波波死亡到追逐小波波进入怪柱林，一直到此，对于这种绝不可能称之为正常的现象或物事，他现在才真正开始在意。终于，艾尔肯第一次感受到了害怕。

当然，并不是说艾尔肯从来就没有害怕过什么。不是那样的。但从他来到海里开始，准确地说，是从他变成地图鱼开始，他的心里，确确实实再也没有生出过一丝一毫真正的恐惧。跟着陌生鱼群漫无目的地长途迁徙，他不觉得害怕，看见鲨鱼集体觅食的血腥场面，他不觉得害怕，见到水滴鱼死亡后的魂魄，他不觉得害怕。令他讶异的事情一件接着一件，每天都在发生，但他也只是感叹与好奇罢了。倒是孤独与伤感时不时地造访于他。为什么会有这种反应？他想不明白，也不曾多想。然而现在，那种久违了的源于对未知事物的不安正不由分说地涌上心头。不安化作恐惧。恐惧正持续叩敲艾尔肯的心房。

就在他想方设法要掉头回去之时，眼前豁然开朗——艾尔肯游入一处怪异莫名的洞窟之中。刚一进来，他便震惊得半晌不敢动弹。

这是一条如同隧道般不见尽头的巨型洞窟，其直径至少超过二百米。但让艾尔肯感到震惊的，并不是洞窟的巨大悠长，而是一个他根本无法理解的状况——这里居然没有水，海水也好淡水也罢，偌大的洞窟内，一滴水都没有。悬在半空一动不动地过了半晌，当艾尔肯意识到那个想象中的坠落一直没有发生时，他才鼓起勇气轻轻摇了摇尾巴。一切没有变化。他试着转了一小圈——居然与在水里游动的感觉一模一样！虽然搞不懂这是为何，但这个发现实在让艾尔肯深感振奋，放松下来，还是小孩心性的他高兴得接连空翻，有如身在水里一般。翻着翻着，他突然停下来望向洞顶，目光瞬也不瞬。

洞顶上，密密匝匝地雕刻着种类繁多的石刻，一眼望去，都是些奇形怪状的大动物——天上飞的地下走的水中游的，各式各样，但又各不相同。艾尔肯时而凑近细看时而远观，动物虽然众多，他好像一种都不认识。但看得越久他心里就越是生出一种古怪的感受：这些挣扎着探出半边身体的动物，只是被坚硬岩石禁锢于此罢了，说不定哪天会活过来的。出了一会儿神，艾尔肯终于记起他来这里的目的。

"波波，小波波……"

他正要大喊，回过头来向下望，却顿时倒抽一口气：洞顶之下至洞底之上，从鱼类到爬行类甲壳类，不计其数的海族动物正悬空"飞游"，通通都有着小波波那种半透明的散发微光的银色身体，唯独见不到小波波。它们既不说话也没打闹，安安静静去往洞窟中看不见边际尽头的另一方向。洞底的地面，还有一道金色的沙带一起往远方延伸。缓了缓神，环顾四周后艾尔肯发现，之前他进来的那个小洞，其所在位置正是这个巨大洞窟此端的岩壁上方，由于那个位置实在太高，刚刚进来那会，他一直身处洞顶附近，被各种匪夷所思的物事吸引，他根本没留意到，岩壁下边居然还有密密麻麻的众多小洞——那些安静"飞游"的海族动物，通通都是从底下这些小洞出来的。

不知为何，唯独他进来的那口小洞，再也见不到其他动物出来。而一旦脱离那口狭长洞穴的束缚，那笼罩心头的恐惧不安就突然消失，不留一点痕迹。

一直找不到小波波的身影，艾尔肯一边下游一边再次呼喊："波波，小波波……"不出所料，他没有得到回应。

过了一会儿，突然有个声音问："你在找谁？"但肯定不是波波。

应该是女性的声音，艾尔肯能分辨得出，只是感觉不出究竟是小孩还是成年的。他上下左右把四周看了个遍，愣是找不到说话者。

再次低头寻找时，在洞窟底下，那堆隆起的原本空荡荡的金色沙丘上，盘腿坐着一个女人。艾尔肯游了过去。她有着熠熠生辉的面容，弯曲的雪亮白发宛如流淌的白色波涛，那双天堂般湛蓝清朗的眼眸内，顾盼间似有星光流动。虽是席地而坐，但可以轻易看出，她的身形要比普通的成年人高大不少，像小巨人似的。

居然在这种离奇古怪的地方见到一个人，艾尔肯着实感到意外。他好奇地绕着她转了一圈，说："我在找小波波，它是一条像它们那样发着银光的水滴鱼。我是追着它才来到这里的。你见过它吗？这里又是什么地方？"他说话时，在沙丘的四周，许多海草正纷纷破沙而出。

"我还没见到它。但我可以告诉你，它们通常都会从这边进来，然后化作这种金沙，最后都得往那边去。"女人先指了指那面满是小洞口的石壁，再指指身下，然后扭头望向那个看不到尽头的方向，接着又说，"而要转化成这种金沙的形态，就必须让我把它读完。"

她的声音有点儿低沉，但却清晰悦耳。说完之后，她甩了甩雪亮的长发。艾尔肯这才看清，她的头发上原来还缠绕着些苍翠的海草。其中一根海草像长了眼睛一般，向着一只差点儿落到她头上的银色小章鱼伸去，随着海草在章鱼脑袋上轻轻一点，小章鱼立刻化作细细的金沙落在沙丘上。

"哎哟，你把它杀死了！"

"不是的，你理解错了，我只是读完了它而已。而且，它在这里已经徘徊很久，正等着我把它读完。"女人说话的时候，那根伸出去的海草也重新缩回并缠绕在白发之间。

"哦，那么，你能告诉我，你是谁？你在这里做什么？我应该怎样称呼你？阿姨还是姐姐，或者是……"艾尔肯当然知道，年迈的称奶奶年长的叫阿姨年轻的喊姐姐，虽然她的头发已经全白，但他仍然无法从她身上找出有关岁月的痕迹。

"我叫灵洼，我是龙王的女儿。"灵洼回答说，"我在这里读取它们生前的记忆。"

"龙王的女儿！"艾尔肯惊呼一声。那可是神一般的存在！他一下子想到许多关于龙的神话故事，不过，他从来没有听说过什么读取记忆之类的说法。

他只好老实地问："我还是不明白你刚才所说的话，你能给我解释一下吗？"

"当然可以。"龙女笑了笑，笑声悠扬。艾尔肯发觉，她说话的声音总在变化，仿佛身体里住了许多不同的人那般。但种种声音都是悦耳动听的。她说："无论是在海洋里还是陆地上，生命永远都不会停止它的诞生与死亡。每个生物的生前，都有着属于它自己的记忆，大部分的记忆会随着各自生命的消亡而彻底消失。但也有些记忆比较特殊，它们不会轻易灭失，于是，这样的记忆就会带着宝贵的生命之力，转化成你现在所看到的这种形态。作为海洋生物死亡后的那些没有消失的记忆体——我称它为'记忆鱼'，最终都会来到这里。我要做的，就是将所有的记忆读取下来并解放它们，让承载记忆的生命之力得以循环不息。"

就在灵洼说话的时候，那些沿着沙丘周边冒出头来的小海草快速长高，它们不断在空中探寻，那些在附近游荡的记忆鱼被点到后，纷纷化作金闪闪的沙雨。一时间，徘徊于艾尔肯上方的记忆鱼骤然减少。

由于洞壁中陆续有其他记忆鱼游出，也只是过了一会，在他们头顶上聚集的记忆鱼又开始多了起来。或许是一下子"读"得太多了，龙女面上的神情好像没有了刚才的自在轻松。

"把它们的记忆读下来会有什么作用？这里本来就有那么多记忆鱼了，

还不断地有新的进来，究竟要读到什么时候呀！我能不能……帮你做些什么？"艾尔肯诚心实意地问。

灵洼从沙丘上站起身来。她身上穿着一件拖曳到沙丘上的鳞状黑裙——虽说是穿着，可那些鳞片像是长在她身体上一般，自然而优雅。她丰腴修长的白皙臂膀上也缠绕着嫩绿的海草。

"呵呵，你真是想帮我？"不知是站起来的原因，还是听见艾尔肯主动帮忙的话语，她说话的声音变得舒展，有如云雀歌唱。

"嗯，要做的事情看来不少。"艾尔肯环顾一下周遭，认真地说，"就你一个人也太辛苦啦！"

"那我就得弄清楚，你究竟是谁。"

"我是……"

嘘！她把手指放到嘴边，示意艾尔肯不要讲话，然后将指尖点在他的头上，片刻便放了下来。应该是在读我的记忆吧，艾尔肯猜测。

"你是渡渡，也是艾尔肯，你确实很特别，非常地独特！"她停下来想了想，又说，"如果你想帮忙，办法倒有一个，但也只能是那个办法。"

"什么办法？我能做到吗？"

"不妨用你那聪明的小脑袋想一想，答对有奖哦！"

"有奖！嗯……我想想。"

她又开始工作了。她双手捧起一条比目鱼，闭上眼睛后比目鱼变成一道金光消失了，她捧起一只大鱿鱼，接着是一条大石斑，然后是一只大螃蟹……

"我想……我认为，"艾尔肯有点儿犹豫地说，"假如能让海洋生物死得慢一些，或者少死一些，你的工作或许可以轻松一点。对不对？"说话时，他一直绕着龙女缓缓游动。

"不对，但也不是全然不对。你只答对了方向。"

"这么说，奖品就没了？"艾尔肯有点失望，"正确的答案又是什么？"

"正确的答案必须由你自己去思考。"她顿了顿，"奖品虽然没有了，但还是可以给你一个奖励。"

"什么奖励？"

"嗯，就奖励……你看看，你到底来到了什么地方！"

5

她的身体腾空而起。她盘旋而上，黑色鳞裙流光溢彩，无风自动。她用左手凭空托住艾尔肯，带着他飞向洞窟中不见尽头的方向。

她的速度快得惊人。一开始，艾尔肯还不停地惊呼大喊："啊，小心！撞上了撞上了，小心，前面有海豚，有大鲸鱼……"

大叫大喊中，灵洼从众多的记忆鱼身上撞了过去。但他没有感到一丝一毫的滞碍。回头望去，那些被灵洼撞过的记忆鱼已经化作纷落的沙雨，如金光闪烁。艾尔肯逐渐冷静了下来。随着他们的快速前进，那条金色沙带愈发宽阔，看上去就如一道金色大河——无数由死亡海洋动物化成的银色记忆鱼，畅游在金河之上。

"前边会有很多鲨鱼，不要被吓倒哟！"说话间，灵洼已带着艾尔肯来到一大群发光的银色鲨鱼当中。

"好多鲨鱼呀，一眼都看不过来！"艾尔肯当然知道鲨鱼不会吃他，但他还是感到吃惊，"它们已经是海里的霸王了，干吗还会那么大量地死去？"

由鲨鱼构成的记忆鱼群轻盈地摆动着尾巴，温顺得就像睡着了的宝宝。

"你想不想知道，它们是怎么死去的？"

"你是说，我也可以看到它们的记忆？"

"当然可以，但现在还是需要通过我来传递记忆。"灵洼带着他来到一头在半空中缓缓漂浮的鲨鱼旁边，伸出另一只手放在它发光的脑袋上。

随即，艾尔肯的脑海里出现了一头白色鲨鱼在海里悠闲捕食的画面。

突然间，它被什么东西卡住了喉咙，它感到疼痛，想要吐出来，可怎么也无法甩掉。那卡住它喉咙的东西正在用力把它往上提拉。是鱼钩！艾尔肯也看出来了。它剧烈地摇晃身体，拼命挣扎。它非常惧怕，只想尽快逃离。两股力量来回拉扯了许久，上面的力量终于松懈下来。

艾尔肯松了口气，绷紧的神经也得以放缓。

鲨鱼逃走了。它游出去了好远。然而只过了一会，它嘴里那还未脱落的鱼钩又重新发力，再次将它紧紧拽住。新一轮充满痛苦的角力又重新开始。

但这一次鱼钩上的力量明显大于鲨鱼，无奈地，耗尽气力的它最终被拖出水面。离开海里后，鲨鱼失去了意识，记忆的画面也变得一片空白。

也不知究竟过了多久，画面重新恢复时，鲨鱼终于重新回到它所渴望的大海里。庆幸的是，它还活着，鱼钩也不见了。但它却只是一味不停地往下沉去。它静静地往下沉，直至沉到海底。它再也游不动了，它的鱼鳍已经被割掉，伤口不停淌血。在它身旁，也安安静静地躺着，无数的同样被割掉鱼鳍的鲨鱼。

"不看了，我不想再看了！"艾尔肯大喊着，他想将影像甩开，但一只只鲨鱼的绝望眼神却更鲜活地浮现在他眼前。他闭紧眼睛，用力地抽动双鳃来回吐气。

"实在太恐怖了！"他已经有些哽咽。他尽量不让自己流出眼泪。

"好吧，这个确实不用再看了。那边有不少龙虾记忆鱼，要不要再看一下？"

"不要，"心有余悸，艾尔肯低沉着声音说，"我不想再看这些了。"

"好吧，到下一个地方去吧！"灵洼的声音听上去无悲无喜。

"嗯。"艾尔肯郁闷地应了一声。沉默了好一会后，他才问："你每天……都会看到这些记忆？"

"实在遗憾！第一次便让你看到这些不大美好的东西，毕竟，大海里也不乏能自由自在地活到生命终结的鱼儿。"灵洼说着，略一沉吟，"又或者，是你今天的运气不佳。仅此而已。"

"是啊，肯定是我运气不好！"艾尔肯喃喃地说。缓了缓，他又感到疑惑："真的……只是我运气不好？"

"难道不是吗？"

艾尔肯立即说："不知道，我不知道。"他实在不敢也不想多想了。

相互沉默着，他们继续往前飞去。

过了大概一顿饭的工夫，灵洼说："听见声音没有？我说的下一个地方就在前面！"

哗啦啦的流水声从远处传来。艾尔肯随即反应过来："是瀑布！"

愈是接近，声音便愈发洪亮，很快，前边出现了一道巨大的水柱，从洞窟的顶上倾注而下。等到再靠近一些，艾尔肯方始看清，巨大的水柱是由两股水流组合而成的：水柱的左边，水流从上倾泻而下，而右边，水流则从下奔腾直上。至于那条一路过来的金色沙河——它绝对是一条河——金色的沙子一直都在极其缓慢地流淌着，通通流入那边往上奔腾的水柱中。接触到水流后，金沙立刻融入水中，化作点点晶莹的光华。

艾尔肯没有开口。他已经惊讶得说不出话来。

水柱的外围，倒挂着十来根高低参差像钟乳石一般的石垛条，石垛表面也斑驳地覆着一些怪柱林中见到的植被和锯齿状叶子，但这些叶子并没有散发光亮。灵洼在石垛跟前停了下来。

"看清楚了吧，它当然不能称之为瀑布。"轰轰隆隆的水声之中，灵洼说话的声音依旧温柔，但却能让艾尔肯清晰听见，她说，"它是海洋的第一层和第二层之间的洄流。"

艾尔肯想了想，然后像摊开双手一般摊开鱼鳍，说："我还是听不懂。"

"你这小鬼，看来，得跟你讲讲故事才行。"直立在半空，面对着洄流，灵洼柔声说，"在那个足够古老的年代，也就是你所认识的现在的海洋刚刚形成的时候。那时的海洋只有一层，龙王们和所有的使徒都住在海洋里。

"那时候，海里的鱼儿也好其他海族也好，都还很少很少。龙王们为了让海洋更具生命之力，让世界能更健康平衡地发展，于是，它们运用五行之力，开辟了海洋的第二层空间。之后，龙王们带着各自的使徒来到这里，在它们进入沉睡之前，龙王们将代表着生命之力的精血全部注入海洋里，于是，海洋生命繁荣发展的新纪元得以开启。

"你眼前的这道洄流，便是能让生命之力得以健康循环的关键。洄流也间接地与沉睡中的龙王相互呼应，通过它，龙王能在深沉的睡眠中，感受世间万物的变迁。经历了无数个漫长世纪，平衡的循环也一直得以持续。然而……"

艾尔肯正听得入神。说到这里的灵洼却止住了话头。

"接着呢？龙王怎么样了？它们还在沉睡吧？灵洼姐姐，怎么不说了呢！"

灵洼笑了笑，说："果然还是个爱听故事的孩子，问题可真够多的。不过，你待在这里的时间已经不短，得回去了。我这里可不能留你太久。至于你的那些问题，你会自己慢慢弄清楚的。"

"噢！"听对方这么说，艾尔肯确实有些失望，但也没再追问什么。他心底里似乎同样觉得——是该离开这里了。

"离开之前，你得答应我一件事。"

"嗯，好！"

"不要告诉其他任何的海族动物，包括海灵也包括人类，关于我的存在。"

"别人都不知道你吗？"

"是的，就连古老的《海洋说》，都没有关于我的记载。"

"哦，这么说来，那可真是一个天大的秘密！"艾尔肯想了想，又问，"《海洋说》不是什么都知道的吗？"

"并不是那样。海灵也好，《海洋说》也好，有关海洋的一切一切，你以后会慢慢知道更多的。记住了，不能告诉任何人！"

"好的，我向你保证。"艾尔肯认真地说，"我老爸说过，男子汉一定要说话算话！"

"现在，你可以走了。"灵洼指着那道向上的水流，"去吧，已经很久都没有鱼儿通过那里了。水流会把你带回到第一层，回到你原来生活的世界。"

将要靠近洄流时，艾尔肯回过头来。灵洼正背对着自己，雪白的长发如盖展开，从发上伸出的水草把一大片的记忆鱼变成了金沙。如果她也像自己那样，不幸地读到那些不好的记忆，她又会怎样？他停了下来想。

"我还是不知道，用什么样的方法才能帮到你？"由于心底里还是纠结于这个问题，艾尔肯忍不住大声问。

灵洼猛然转过身来，白发如同狂风卷起般剧烈摇晃。分明还是那副温婉动人的模样，但艾尔肯却不自觉地往后退去。她说："那你得再想想，是什么东西，天真地以为能操控万物，肆意攫取！"

她的声音在艾尔肯心中就像回声不断鼓荡。他呆了一会才怯生生地说：

"我、我还是不知道……"

"好了,你需要更多的经历和更多的思考。"灵洼的声音依旧温柔,她说,"去吧,虽然这里看起来光明一片,但外头已经过了午夜,月亮也已经朝西了。"

"嗯,好的!"

艾尔肯朝着奔腾而上的水柱游去,一到近处,强大的吸力便将他带了进去。随着水势,他在点点晶莹的光华中快速上移。

"一个人留在这里,实在太孤独了。"望着灵洼隐约的身影,他再次大声问:"灵洼姐姐,我能再来这里找你说话吗?"

"不必了!"巨大的水流声中,他模糊地听到灵洼说,"不过,我们肯定还会再见的。"

回到大海第一层的路程好像很长,艾尔肯任凭海水带着自己游动。他困极了,沉沉睡了过去。

第五章 被海魇魔伏击

1

晨光弥漫，微澜的海面上金光扑闪。醒来后，艾尔肯发现自己浮在水面上睡了一晚。

这一觉睡得确实舒服。能睡得如此安稳踏实，或许也是龙女额外的奖励？可惜他忘记向她打听，如何才能让自己回到人类的身体里的方法。作为龙王的女儿，她应该会有这个方法吧？她说过他们会再次见面的，到时再问好了！

他当然没有忘记要帮助她的承诺。

得找到那个能解决问题的正确办法才行——这样的念头在他睁开眼睛的那刻便显现脑际，将他紧紧攫住。然而他也明白，自己还没有为此做好充分的准备，他还要静待某个契机——一个他不知晓的却又瓜熟蒂落般的契机。在此之前，不管他如何抱臂深思，绞尽脑汁，那个正确的办法照旧不会显现眼前。这一点他心里非常清楚。他决定暂时不去想了。

"太阳公公，太阳爷爷，早上好啊！"朝着黄澄澄的太阳，他兴奋地大喊大叫。

陆地上的日出他也见过不少：像红苹果一样在树梢顶上悄悄探出头来的、火烈鸟般闹哄哄地在沙漠尽头急促升起的、为催促人们起来忙碌而爬过屋顶的……他对比了一下，海上日出的感觉确实迥然不同，将它称之为公公、爷爷显然并不合适——在他眼前，它宛如一个诞生于大海怀抱、才刚呱呱落地的全新生命，它橙红色的身体是如此圣洁，丝毫不染任何形式的微尘。虽然才刚出世，但它早已立下远大理想——朝着无尽高天，坚定不移地奔赴，由于它的到来，天地间所有的事物都将生机盎然。

晨风如丝如缕，迎面拂过他的面额。贴着水面随风而来的还有一群小鱼儿，它们绕着艾尔肯转了两圈，又重新向着既定的远方游去。转身望着鱼群远去，艾尔肯重新潜回到海里。

今天艾尔肯和红淼淼的目的地，是一个珊瑚虫大片大片生长的广阔斜坡。

"噢噢，这里的珊瑚真够茂盛的，比起我们现在住的地方多太多，也漂亮太多啦！"他赞叹着说。

顺着微斜的坡体海床，艾尔肯一忽儿往上一忽儿往下地来回察看。他时而蹿进奇形怪状的珊瑚礁洞，时而又游上去俯瞰，目之所及，俱是大块大块色彩斑斓的珊瑚丛海葵丛，还有苍翠的海草地，一并的生机盎然。在这里，鱼儿总是成群结队地栖息，种类多得令他眼花缭乱。

等到艾尔肯终于稍稍消停，红淼淼便带着他沿着缓缓下行的斜坡向前游去。她说："这里是一处礁后坡，珊瑚当然繁茂，但却不是珊瑚最美的地方。"

"我觉得，这已经是我见到过的最漂亮的地方了！"艾尔肯绕着红淼澎快速转了一大圈，他感叹着说，"这里如此广阔，简直可以养活所有的鱼儿！"

"你究竟是太天真还是实在太无知？"红澎澎突然提高了声音，不高兴地说，"难道你没有见到，在这里生活的鱼儿基本饱和了？就你所认识的这个海域来说，这一小片的礁后坡又能占据多大的地方？鱼儿越多就越需要更多的食物和更开阔的活动空间，这一小片地方又能解决多少问题？况且，不同的鱼儿生活习性也是不一样的。记住了，海灵只是让你们暂时住在那里，等大家都习惯这里的环境后，你还要分别将它们带到更多不同的更合适它们的地方去。"

"都说多少次了，那些鱼儿不是我带来的。"艾尔肯无奈地抗辩。不过，听到和他一起迁徙过来的鱼儿也有可能住到这么大的一片珊瑚礁里，他自己却暗暗高兴。

红澎澎没有说话。

"对了，我发现我所住的那片海域又来了好多鱼儿，但它们并不是跟我一起迁徙过来的。这是为什么呀？"对于这个问题，艾尔肯老早就想问红澎澎了。

"那也是没办法的事情，那一带原本就是它们的家。"红澎澎显得有些无奈，她解释说，"由于你们的到来，海灵怕你们还未适应就被驱赶，所以才暂时将它们调离。本来打算等你们分散搬到各个地方后，才让它们回去的，可有些海族在别的海域里住得不习惯，自然就提前迁回了。"

"哎呀，它们不听海灵的话，海灵就不会生气吗？"

"海灵只会保护鱼儿，是不会生鱼儿气的！本来，让它们集体离开家园就不是海灵所想的，这样做也最容易破坏平衡。"红澎澎叹了一声，"别说了，你还是尽快到处看看，先熟悉海里的情况吧！"

实际上，由于红澎澎才刚成为小海灵不久，无论对艾尔肯现下状态的认知，抑或是对海洋乃至海植和海族动物的繁衍生息，她现时的所感所说，很多还带有作为普通海族的主观意识甚至似是而非的。随着时间的流逝，当真正成长起来红淼淼忆起这些时日与这条地图鱼的青涩相处时，总有些别样的温润之情在她心底蔓延。

整整一个早上，艾尔肯都在这片漂亮的珊瑚礁中游弋。就算风景再美，看得多了也会让人索然无味。他开始有些审美疲劳了，于是问："接下来，我们还要去别的什么地方玩儿吗？"

"我可不是陪你玩儿的！"红淼淼没好气地说，"只要一直往前游，我们就会去到潟湖，那里是我们这片海域的一个边缘地带。"

"噢噢！海里居然还有湖，湖里好玩吗？跟我们那里的水库有什么不同？"

"听清楚了！是潟湖，不是淡水湖，更不是人类的水库。"红淼淼幽幽地看了他一眼，接着说，"由于障壁砂坝的影响，致使潟湖水体与外海水体的连通性受阻，更由于这个潟湖的淡水注入量小于蒸发量，导致潟湖里的盐度升高。所以，虽然那片湖区的地域非常宽广，却极少有大型的鱼类族群在里边生活。"

说完这些情况，看到艾尔肯仍是一脸疑惑，红淼淼又嫌弃地白了他一眼，说："简单说来，就是海水太过咸了，大多数海族都无法适应那样的环境。"

"哦，听你这么说，好像挺危险的，那我们还要去吗？"

"放心吧，你是什么水都能去的。"红淼淼顿了顿说，"鳗鱼在那里也生活不了，所以，我们无法通过鳗鱼洞跃迁过去，只能自己游了。加快速度吧！"

"没问题！"艾尔肯摆了两下尾巴，又夸张地动了几下鱼鳍。他打算一口气游过这个布满珊瑚的斜坡，去到那奇怪的咸湖里看看。

红澎澎却在此时游到他的身前，说："等下我要加快水流，你要紧跟着我，如果害怕就闭上眼睛，但不要乱窜乱动！"

艾尔肯还没理解她话里的意思，便立刻被一股强劲的水流带着向前飞了出去。只一下子，他眼下的那些色彩鲜艳的珊瑚像被什么东西拉成一条条直线一般，除了前边身体发着淡淡绿光的红澎澎外，他竟然无法看清其他任何事物。

哦，是自己游得太快了！不，是水流的速度太快了！艾尔肯终于反应过来。

哇——他再次忘情高呼。

过了没多久，他们便来到了一片空旷贫瘠的海底。当然不是什么都没有，海底下倒是布满高低起伏有如小山一般的岩石，他在岩石上方漫游时，偶尔也见到些躲在岩缝里的螃蟹或者小鱼小虾。除此之外，这里没有漂亮的珊瑚海葵，没有生机勃勃的海草海藻，更没有成群结队嬉戏玩耍的鱼儿，景象一片寂寥。

"很多年前，这里还是有许多鱼儿的，随着矿物质的增多和咸度的加大，大部分鱼儿都离开了。"

"是什么样的矿物质？"

"跟你说了你也不懂，你只要到处看看就行！"

艾尔肯却在心里反驳：红澎澎你也只是一条小鱼儿，干吗老学着大人的口气训话？我爸爸可是地质学家呀，我能不懂矿物质吗！

"这片潟湖所占的地方比刚才的礁后坡还要大，潟湖内也有些火山喷发后形成的礁石岛，但基本长不出大片的植物。"说到这里，红澎澎突然停下来郑重地说，"你要记住，这里有一座非常活跃的地脉火山，没事不要单独过来。"

"若不是你非要带我来这里，谁会到这种阴沉死气的地方？"艾尔肯并没有说出口，他觉得红涔涔今天的废话真多。

从正午一直到太阳加速朝西，艾尔肯也只是看了潟湖的一小部分而已。

"那么大的一片湖海不能居住，好可惜啊！"艾尔肯记起他老爸以前说过，人类居住的许多地方越来越沙化，一旦恶化成沙漠，就再也难以住人了。他感到潟湖就是海洋的沙漠。他对寸草不生的沙漠从来没抱好感。

当西沉的夕阳在冷色调的天空中涂抹出金色时，非常突兀地，艾尔肯心头生出一丝不安。他很想向红涔涔说说，但又怕被她笑话。他犹犹豫豫的。

好在红涔涔适时开口："天色也不早了，我们回去吧。"说完，她再次加快水流，带着艾尔肯飞也似的往回赶去。

2

接下来的几天，原定的察看计划没能继续下去——他们遇到了不小的麻烦。

随着时间的推移，越来越多先前离开此处的鱼儿回来了。平日里，个体间为了争夺那些诸如一个无主的石头窟窿或一小块苔藓什么的、本也寻常不过的小打小闹，却慢慢演变成群体间的冲突。

令艾尔肯费解的是，海族动物们居然也像人类一样，原住鱼与迁徙鱼自然而然地分成两派，对立的局面日渐严重，最终酿成对抗。

一开始是武斗。

进攻方派出飞角鱼躲入沙地里，石头鱼则变成周围石头的颜色隐藏自己。等到敌对势力的鱼群在此经过，它们便立刻从隐身处蹿出，将对方的鱼儿吓得四下哄逃。听说有些胆小的被当场吓晕过去。好像还有些更倒霉的，它们因此而被天敌吃掉。

被欺负的一方当然不会甘心。它们派出头部朝下，身体就像一条硬刺一般的刀片鱼细细地搜索珊瑚丛，将伪装起来的鱼儿通通找出后，再交由电鳗进行电击处理。即使有侥幸漏掉的，也难逃水母大阵的包围。一时间，各种屁滚尿流的不雅画面频频上演——前提是，你要有看得见鱼儿撒尿的本事。

为了破除水母大军，进攻方派出了海龟！

要是小瞧了没有尖牙和利爪的它们，那你就得倒霉。靠着厚重龟壳的撞击，那可是连水母都奈何不了的。防守方意识到不能只守不攻，于是，它们居然无耻到让龙虾大军偷袭海龟幼崽。

"尽做些偷偷摸摸的下流勾当，除了无耻还是无耻！"对于这些海族动物的行为，艾尔肯比对了自己玩围棋时的"深谋远虑"后，他做了如此的评价。

而以上事件，他都是听那只名叫爱打汀的章鱼说的。听说它从不采取任何带有偏见的立场。

"战争，从来都是无关道德的。"爱打汀则是这样跟艾尔肯说的。

而此时此刻，一场双方酝酿已久的牛角蟹大战，艾尔肯正亲眼看见：

浩浩荡荡的牛角蟹大军朝着它们以往居住的礁坪上袭来。另一阵营的牛角蟹也不甘示弱，老早就在礁坪上严阵以待。两个蟹群你推我搡，顷刻间便堆成了一座螃蟹小山。小山转眼间又垒成了大山。远处的艾尔肯只看得目瞪口呆。他也犯难了——轰轰烈烈的战场上，到底哪一只蟹是属于进攻方、哪一只又是属于防守阵营的，他根本无法分清。

"你猜它们到底谁赢了？"一只大海龟在旁边问。

艾尔肯回头看了看。一只被压在大海龟底下的花色大螃蟹回答："看不出来！总之，赢得战争的是牛角蟹，输掉战争的也是牛角蟹！"

以往动物们斗起来时，红淼淼总在旁边劝架，这次却没有。红淼淼已经一连三天没有出现，也不知道这段时间她都做什么去了。对于她的"失踪"，艾尔肯感到高兴——终于不用听她念叨那些枯燥的海洋常识，他感觉自在多了。可如果她再不出现，眼前的残局到底如何收拾才是？被眼前的纷争左右，他的高兴也变得不大踏实了。归根结底，就是没啥好高兴的。

况且，他的内心正被新的担忧占据。他听到旁边一条看得兴高采烈的大石斑鱼说，后天还有一场更加声势浩大的墨鱼大战。交战双方都找来了自己的友军乌贼助阵。真是越闹越大啦——艾尔肯开始理解红淼淼一直以来的担心了。

红淼淼是在蟹军打得如火如荼、蟹山几乎堆上水面时出现的。她一来到便施展出海灵不可思议的能力。

她控制着大海葵，让它伸出长长的触须并扎进沙地，只一会儿的工夫，水底的海草就在蟹山周围疯狂地生长起来——尤其是蟹山，滑溜溜的海草从层层叠叠的蟹缝中不断伸出，一下子，牛角蟹就像坍塌而下的泥石流一般，纷纷滚落到下面松软的海草地上。蟹山顷刻间土崩瓦解。水草地的上方却悬浮着十来只壮实的大牛角蟹，它们通通被水草像缠绕大闸蟹般紧紧缚住。

红淼淼游到它们的上方，用充满威严的语气说："如果你们再打下去，作为小海灵，我会把你们捆缠起来，通通关进水草牢笼里，就像这几只带头滋事的大家伙，十天不能进食！"她一边说一边让水草绕着那十来只带头蟹的周边，结了个茧子模样的东西。说话之时，她身上散发出晶莹的绿光。散落一地的牛角蟹吓得就地打起沙洞钻了进去。

接着，红淼淼又对远处几只探头探脑的墨鱼大声说："不只是牛角蟹，不管是什么鱼，谁要再带头闹事，我就关谁进水草牢笼。"

"关进笼子里哦。"艾尔肯的身后突然出现了一个声音。一转身，浜爷爷已不知在何时来到他的身边。

"关进笼子里除了饿肚子，还会怎样？"他问。

浜爷爷咧开嘴巴，展露出一副见不到牙齿的笑容，说："会被做成罐头哦，一个罐头加一个罐头，堆成罐头山……"

看热闹的鱼群通通散去。艾尔肯不想听浜爷爷没完没了地说罐头，他朝红淼淼游去。小海灵果然也是海灵，蛮威风的，他开始崇拜红淼淼了。

还没游到红淼淼的身边，一个蓝色的身影倏地从他身后晃过，抢在前面绕着红淼淼转了一圈。

"红淼淼好厉害，越来越像真正的海灵了！"鲁冰渣大声说。艾尔肯停了下来。

"那当然，我姐姐肯定会成为最伟大的海灵的！"一条红色的大圆鱼慢吞吞地游到它们身边。它长得与红淼淼一个模样，只是胖乎乎的，整个身子都圆得不能再圆了。

"这是我花了几天时间才掌握的基本技能，离成为真正的海灵还差得远呢！"红淼淼看上去并不怎么开心，"我得回去练习海言了，你们自己去玩吧。"

艾尔肯只在不远不近的地方看着，却刚好能听见他们的讲话。他知道这些鱼儿肯定不欢迎自己——之前就不欢迎，加上这几天来闹腾得那么凶，怕是更讨厌自己了。

"喂，等一下！"他转身游走时，红淼淼却在身后叫他。

艾尔肯继续往前游，假装没听到，但红淼淼只一下子便游到了他身边。很快，她的两个跟班也跟着凑了上来。

"有事吗？"艾尔肯问。

"你怎么不理我了？我有话要跟你说。"

"有话就说吧。"艾尔肯有些不高兴。他不习惯这种被人排挤的感觉。

以前在学校里,大伙儿都喜欢围着自己,哪像现在,存在感稀薄得就像水里的空气。

见到他爱理不理的,鲁冰渣便支起鱼鳍,一副要戳他几个窟窿的模样。红色胖圆鱼也怒目而视。

"不要闹了!"红澎澎赶紧劝住它们。她对艾尔肯说:"明天我们接着去其他地方看看吧,大海灵吩咐的任务,我还没完成。"

"我也想去,我也去!"旁边的胖圆鱼起哄道。

"红淡淡,别瞎闹了!你游泳的速度太慢,让你平时少吃点就是不爱听,要是遇到那些大家伙而我又不在你身边,看你怎么办!"

"不去就不去。"红淡淡转过头委屈地说。

3

几条鱼儿散了之后,艾尔肯回到自己住的那片海藻丛中。他住的地方珊瑚生长得并不茂密,身边的鱼儿大多跟他一样喜欢钻进那些趴在海底生长的海藻下睡觉。可能是因为最近大家都在议论和原住鱼群争斗的事,气氛倒是十分活跃。有些鱼儿还兴奋得上蹿下跳,即使天色不早,也不见它们休息。

艾尔肯很想告诉它们,再不老实点,就越发惹原住鱼讨厌了。可转念一想,明明大海就是大家的,凭什么不让咱们生活在这里呢,如果能找到一片又干净又广阔又有珊瑚和海草的海域,让那些一起迁过来的鱼儿安安心心地生活就好了。这么东想西想的,他终于睡了过去。

只是他还没睡够,就被红澎澎叫醒了。"快点起来,都什么时候了,还在睡懒觉,没见过像你这么爱睡的地图鱼!今天要去非常广阔的深海区,有些地方可能还会有危险。总之,要早去早回!"

艾尔肯懒洋洋地从海藻丛里游出。"早上好,大家好!"他照例同身边的邻居打招呼。

"早安，我该睡觉了。"他旁边住着一条不知名的鱼儿——这家伙总喜欢白天睡觉夜晚活动，这个点儿它正困着，便一个劲儿往海藻丛里钻。经过沙地时，两条长满斑点的白色鳗鱼从沙子里伸出半截身子看了看四周，然后又缩了回去。

"今天我们去哪里？"艾尔肯问红湃湃。

"去礁后坡的另一边，那里叫礁前坡，是比上次的礁后坡还美的地方，也是这片海域里珊瑚生长最茂盛的所在。"

跟在红湃湃的身后，想起昨天的事情，艾尔肯忍不住问："红湃湃，你是不是真的会魔法呀？"

"魔法是什么？"

"就是那种、那种……"艾尔肯想了想，却还是不知如何表述才好，"就是念几声咒语，然后，嗖！一下就游出去老远！还有，让海草随意长呀长，还有，那奇怪的大海葵书，通通这些，都是魔法变的，是不是？"

说着说着，艾尔肯的内心已经激动得不行：要是自己也有那样的魔法就好啦，嗖——嗖——嗖——，说不定，自己还能变成一条可以生活在天空的鱼儿呢！

"那不叫魔法，那是海灵的灵力，每位海灵都有属于自己的灵力。还有，不是所有的《海洋说》都长成海葵的样子，相反，大部分《海洋说》的样子都是不一样的，甚至有长成鲨鱼模样的。其实，我成为小海灵也没多久，我还有很多的海言需要学习……"她说着说着，像忽然想起什么似的，"唉呀，反正，我现在说了你也不会明白。"

显然，艾尔肯忽略掉她最后一句话了。他好奇地问："你那只《海洋说》里是不是记载着一些降妖除魔的咒语？"

"哪里是什么咒语！里面记载的都是历代海灵的记忆，懂得越多就越能帮助我更好地应用海灵之力。"红湃湃说话的语气带着些许傲慢,"海洋的记忆,你懂吗,那可是你我到老都读不完的。为了平息近来的纷争,我用了三天去学习一种有关灵力运用的海言吟唱,它能让我随意控制海草的生长。"

噢,只用三天——艾尔肯听得羡慕不已。

红湃湃说,他们这么游的速度,大概得花上十天八天才能到达目的地。于是她吟唱了一句海言。只见一条个头不小的斑点鳗鱼从旁边的岩石缝里蹿出,它张开大嘴游到他们身边。

才一靠近,鳗鱼就将他们吸进肚里。一阵恍惚后,再一个暗流涌出,艾尔肯又马上被另一条鳗鱼从口中吐出。整个一吞一吐的过程,比起他第一次从河里被鳗鱼吞下并吐出来要快得多了。才刚稳住,他便看到红湃湃从鳗鱼嘴里慢悠悠地游出。她一点也不似自己那般狼狈,得翻几个跟头。

就这么着,他们转眼便来到了礁前坡。

这是一个比礁后坡陡峭得多的坡地。不,其实不能称之为坡,称作峭壁反倒贴切些。在这片绵延陡峭的壁坡上,生长着一丛又一丛茁壮挺拔的珊瑚,有树枝状的,有柱状的,有交替着螺旋缠绕的,姿态各异。但它们全都垂直地向上生长。远看简直就是一堵由珊瑚雕筑而成、既深不见底又望不到边的珊瑚之壁,壮观瑰丽。艾尔肯张大嘴巴一连吐了几串泡泡,他任由自己慢慢往下沉去,连游泳都忘记了。

震惊过后,顺着这片壮丽广袤的珊瑚坡壁,艾尔肯上下左右地来回观看。这里的珊瑚有一个明显的特征,它们总是循呈"脊"的形态生长,脊与脊之间会自觉地留出一道凹下去的没长珊瑚的沟槽。时不时地,会见到一些细小的泥沙与石子沿着凹槽往下滑落。

红湃湃说,这些石子会一直落到漆黑的海底深渊,没什么事就千万别自己单独游下去。大部分的鱼儿都不会选择这些地方作为住处的。艾尔肯倒是非常想到下面一探究竟。不过他还是有点害怕。

"在这块悬崖的对面又是什么地方？"艾尔肯问。

"当然还是海，而且是深海区，那是其他海灵守护的海域。底下的深渊也就成了两片海域的交界。"

他们在陡峭的珊瑚坡壁边游荡。时不时地，能看到些相貌奇特的鱼儿成群结队游过，它们载歌载舞的，简直就是浪迹天涯的吉卜赛人。

"这么大的一个地方，咱们今天看不完吧？"艾尔肯问。

"大海灵是让你认识这片海域，不是让你来欣赏景色。尽快地到处察看一下，不要在这里逗留太久。"

艾尔肯一边四下观看一边想："就算不能住在这里，偶尔来玩儿一下也是不错的！"

大概到了正午的时分，他们突然听到峭壁的下方传来几声十分空灵的声音。

"那是什么叫声？"

"听上去像是鲸鱼发出的，可又不太对。"红湃湃思索着说，"鲸鱼的调子应该更婉转一些。难道是求救的声音？我去看看！"

"我也去！"艾尔肯有些激动，说不定会有什么大事发生，就算帮不上忙，他也想再看看红湃湃的魔法。

红湃湃原本不想带他下去，可又不放心他独自留下，也就只好随他了。

4

两条鱼儿一起，直往下潜。

应该是红湃湃使上了灵力，不断快速掠过的事物，再次模糊了艾尔肯的眼睛。循着声音传来的方向，越是往下光线就越晦暗。突然间，艾尔肯的心头生出一丝莫名的慌乱。他想要停下。但看到红淼淼毫不畏惧的神态,他便不好意思说出。咬咬牙,他一声不吭紧跟其后。

四周已经彻底漆黑。海水也越来越冷。冰冷的海水并没有让他产生明显的不适,这是值得庆幸的。倒是那种浓烈无边的暗黑,让艾尔肯不由自主地生出孤独的感觉。他一向抗拒孤独。他敏感地体察着海水的微微波动,生怕红淼淼远离自己。

还好,她一直都在自己的身旁。

"那个声音听起来好像还在很远的地方。"红淼淼说。

"嗯。"

又下潜了一会,红淼淼停下来说:"我们不能再往下了,这里已经是深渊区域,很容易迷失的!"

"什么状况,连海灵都不敢下去?"艾尔肯有些迷惑——在他一知半解的脑子中,他早已经认定,海灵就是海洋的主宰。

"我只是小海灵!"听得出来,红淼淼的声音有些着急,"你察觉到没有,从开始到现在,声音便一直是这般大小,从来都没有因为我们的接近而逐渐变得清晰。这一点非常可疑!"

四周黑漆漆的,根本看不到其他鱼儿。或许是紧挨着红淼淼的缘故,艾尔肯这下倒不怎么害怕了。

"那又怎么样!"他用力摆了两下尾巴。这阵子,他心里反倒充满冒险的刺激。

"如果是鲸鱼在呼救,不可能一直保持不变的声调。而且,传来的声音好像只有我们两个才听得到,附近的鱼儿根本没有反应。"红淼淼再次质疑。

"附近好像没什么鱼儿呀!就算有,也是因为它们听习惯了嘛!"艾尔肯胡乱猜测着。他一心想要一探究竟。

"你不要乱打岔！"红浿浿急切地说，"不追了，先回去再说！"

"万一真有受伤了的鲸鱼，那该怎么办？"

"不知道！反正不能再追了！"红浿浿说得急促，"我害怕是那个东西。大海灵说了，不管是作为刚继承的海灵抑或是小海灵，都必须小心那个东西！"

逐渐习惯了漆黑的环境，又难得见到这么一个手足无措的红浿浿，艾尔肯倒是愈来愈放松，他说："看把你急的，那究竟是个什么东西呀？"他一直认为，只要有红浿浿在自己身边，那就是绝对安全的——不管发生什么样的事情，大不了加快水流，跑为上呀！

"快，往上游！"红浿浿不再解释了。

"好吧。"艾尔肯不大情愿地跟在后头。

他们慢慢地向上游去。

才刚游了一会，艾尔肯便感觉有些吃力，完全没有了下来时的轻松。而那个奇怪的声音，则一直以不变的调子回响着，时而感觉很远，时而又近在耳边。

黑暗中，艾尔肯开始担忧了，他问："你怎么不用点灵力让我们游得快些？"

红浿浿带着哭腔，细声说："使不出来了！"

啊？！他大吃一惊："那你的《海洋说》呢？"

"也是无法唤出！"

"那我们得游到什么时候？我们会累死吗？或者是……饿死？"艾尔肯在脑海中想象着自己死掉的样子——翻着两只死鱼眼，身子一直往下掉。会不会一直掉到灵洼的洞里去？

他越想越是害怕。越怕就越往坏里想："如果我们死了，你知道会去到哪里吗？"他已经忍不住想和红浿浿说出那个神秘洞窟的事情了。

红淅淅没有搭理他。她一个劲地用力往上游。

"如果自己最终还是死了，而且是饿死的，会不会被鱼儿们取笑呢——这么大的一条鱼，居然会活活饿死自己，那可真是天大的笑话！如果再被那些好事的鱼儿编成笑话，然后一传十、十传百地宣扬开去，那就更丢人了。不对不对，打从自己变成地图鱼以来，那么长时间他都没有吃过任何东西，却始终活得好好的。他甚至连饥饿的感觉都没有。简直像做梦一般。难道，我真的活在梦中？"胡乱地想迷糊地游，艾尔肯觉得自己快要游不动了，但眼前却依旧漆黑一片。

如果回去了，他想，一定得找些好吃的尝尝，是吃海藻好呢，还是小鱼、小虾、牡蛎？算了，还是先钻进海藻里大睡一场再说吧。唉，力气都用尽了，干脆休息一下吧，反正，不要死得太难看就可以了。

"红淅淅，休息……一下吧！"他声音萎靡地说。红淅淅没有回应。他又叫了一声，仍是没有反应。

艾尔肯刚想扯开嗓门大喊，红淅淅开口说："省着点力气吧！"

艾尔肯大大地松了口气："我还以为……你不见了！"

"我刚才在想，以我们回游的时间去算，现在应该游到上面了，不可能还在这里的。"

红淅淅这么一说，艾尔肯更觉不安。但他实在太困，困到连话都不想再说了。他好想找一处能让他休息的岩石或珊瑚礁，但黑漆漆的水里除了水外，剩下的还是水。他估计自己坚持不了多久，便要在水里睡过去了。

艾尔肯半死不活地划拉着尾巴，连双鳍都不愿动了。他察觉到自己正在慢慢下沉。他想起红淅淅之前说过的话，这里确实是危险的，都怪自己从来都没当回事。

"渡渡，渡渡！"他听到红淅淅叫自己。她的声音尽显疲惫与焦虑。

"嗯，我在呢！"他用尽力气，抬起眼皮。

怪异的叫声仍在持续。

但叫声已经不似先前那般只从一个方向传来，它纵横交织着，逐渐编成一张无形的网，兜头兜脑撒向他们。无论游去哪里，终是难以逃脱了。

"红淼淼……"他喊了一声，便再也发不出任何声音。

就在艾尔肯不断下沉时，红淼淼来到了他的身边。她用自己纤细的身体将他托住："喂！还醒着吗？"

"嗯。"艾尔肯迷糊地回应一声。

"听好了，"红淼淼衰弱地说，"那个声音……是海魇魔发出的，它把我们困住了。一切都不是巧合，它是为伏击我们而来的，如果冲不出声音的包围，一旦被抓，我们只能一起被它吞噬！"

艾尔肯慢慢地闭上眼睛。

眼看就要睡过去时，一片微绿的光芒在他眼前出现，紧接着，一股水流带着他一刻不停地往上冲去。混乱中，艾尔肯听到红淼淼说："赶快回去，别管……别管我。"

绿光随即远离艾尔肯。

取而代之的，是他头顶上出现的微微日光——即将回到光明之中，他感觉舒服多了。不过，那个红淼淼所说的"海魇魔"的声音，还在水下似有若无地传上来，锲而不舍。

肯定是红淼淼用尽灵力把自己送出深海，只要往上再游一程，就能回到那片长满珊瑚的坡壁。但红淼淼却把自己丢入漆黑深渊，他的心直往下沉。红色凤尾鱼在黑暗中孤独沉沦的画面在艾尔肯脑海不断闪现。向着身下凝重的海水，他大声呼喊红淼淼。霎时间，他铆足了劲儿，再次朝着黑压压的深渊快速下潜。

他当然记得她刚才的叮嘱，但他选择抛诸脑后：身为戈壁滩上长大的男子汉，他怎么能让一条小鱼儿为救自己丢掉性命！如果不是自己不知好歹，硬要跟着凑热闹，作为海灵的红湃湃一旦意识到危险，肯定能够及时逃离。都怪自己太蠢笨，一直瞎搅和不说，还连累她拼尽全力地送自己上来。

漆黑中，艾尔肯越想越激动，他感到眼眶中有眼泪溢出。他看不见自己的眼泪，更看不见周围快速移动的景物，他当然也不知道，在他拼命使劲下游时，水流也在加速推动他前进——他正以匪夷所思的速度飞快移动，此时的他，身上笼罩着一层淡绿色的光华。但对于这些变化，艾尔肯自己却毫无察觉。

"红湃湃，红湃湃——"他大声喊叫，四下寻找。

透过身上散发出来的微微绿光，他终于在黑幽幽的海水中找到那条红艳艳的鱼儿。她正在下沉，一动不动就像睡着了一般。他赶紧游过去，用身体将她托住。

终于，他大大地舒了口气。可就是这么一松懈，之前冲下来的那股劲儿，便一下子消弭于无形。艾尔肯重新变得疲惫。

无可奈何地，两条鱼儿一起，沉向更深更浓的漆黑。他们已经深陷猎食者精心编织的罗网，只能任由宰割。

但艾尔肯不再感到恐惧。他努力抵抗困顿的侵蚀，他用尽力气延缓下沉。

5

"干吗还要回来？"红湃湃醒了过来，趴在艾尔肯的背上，她无力地说，"真是个……大笨蛋！"

"是英雄，不是笨蛋。"他笑着说，虽然笑不出声音。

"就是笨蛋，什么都不懂！"

"明明是回来救你的，不夸奖一下也就算了，居然还要骂我。"

"你……不知道，如果你遭到不测，对整片东木海来说……意味着什么！"

下沉依然继续。两条鱼儿说话的当下，下沉并没有因为他们的顽强而有所停顿。

"我……不是海灵，"艾尔肯继续苦苦支撑，他差点连话都说不出了，"我没有灵力，不会……唱海言，不会催生水草，你比我……重要多了。"

"真是一个……彻头彻尾的……笨家伙。"

就在此时，一阵强烈的震动从旁边传来。两条鱼儿的精神都为之一振。

"地震！海啸！"艾尔肯大声叫喊。

"不是，绝对不是！"红涐涐虽然还是趴在艾尔肯的背上，但声音已经变得有力，"那是海灵的力量，有海灵过来救我们！"

"是你灵长！"

"不是。是我不熟悉的力量，但肯定是海灵无疑。海魇魔的力量已被牵制，不再猖狂了！"

话说间，一群灯笼鱼从远处朝他们游来。漆黑的海水里，虽然只有那么一点点的微光，但却足以让他们血脉沸腾。

借着灯笼鱼的光亮，不知何时，一个溢彩流光的大水泡已将他们包裹其中。下沉被止住了。身处水泡里，艾尔肯浑身舒畅，感觉就像人从严冬眨眼间被吹送到温暖宜人的春天，先前的困顿与疲惫，已经一扫而空。红涐涐也有相同的感受，她从艾尔肯的背上游下，在水泡里转了两圈——果然是真正的海灵之力！一定要成为这样的海灵！她暗自起誓。

水泡外面，几道带着翠绿光华的水柱像是从天而降一般，笔直插向深渊。之后，水下传来震天动地的怒吼。还没等艾尔肯弄清状况，上面又接着落下了几道更大的水柱。

"发生什么事了！"艾尔肯紧张地问。

"是海灵和海魔魔在进行灵力对决！"红淜淜说。见到艾尔肯又想开口说些什么，她压低声音又说："安静一些，先别说话。"

紧接着，艾尔肯听到有什么东西在水下猛烈地撞击。它每撞一下，四周的海水立刻激起一阵强烈的暗涌。好在他们有大水泡的包裹保护，不然的话，也不知道会被暗涌带去哪里了。而一旁的灯笼鱼也是如此，它们同样被另一个小水泡包裹着，稳稳地照着艾尔肯和红淜淜。

撞击声一下响过一下，暗涌有如海啸，搅动着整片海底。艾尔肯看得胆战心惊，他能感受到黑暗海水下传来的深深恨意：究竟是什么样的怪物？它为何会这么愤怒？它到底在憎恨着什么！

靠在红淜淜的身边，艾尔肯觉得自己有点儿发抖，但也顾不得害羞了。

"没事的，"红淜淜难得地安慰着他，"有海灵在，它伤害不了我们！"

排山倒海的撞击持续了许久。或许是海魔魔终于知难而退，或许是其他什么原因，一声歇斯底里的怒吼之后，海底突然静了下来。动荡的海水开始平复，继而慢慢恢复原来的状态。总算安全了。那群灯笼鱼闪着亮光在上面带引，包裹住他们的大水泡也快速向上漂浮，一会儿，便回到那个满是美丽珊瑚的坡壁前面。午后的太阳将海面照得明晃晃的。当灯笼鱼带着开始变得暗淡的灯笼离开后，留在原地的艾尔肯和红淜淜方始发觉，他们已经重新浸润在清凉爽快的海水中。艾尔肯高兴得一连翻了好几个筋斗，他发觉，自己竟然没有半点儿的不适。

"了不起，海灵太了不起啦！"他一脸激动地对红淜淜说，"我确信没有比海灵更厉害的了，红淜淜，你将来也会变得这么厉害吧？"

红淜淜不似艾尔肯那般，反而忧心忡忡地叹了口气，说："真是防不胜防，一不小心，就掉入海魔魔的陷阱了。"

"什么是……"

正当艾尔肯想问清楚，海魇魔到底是何方神圣抑或何方妖怪时，一个清新有力的声音从远处传来："虽然让海魇魔逃了，但你们也安全了，没有比这更值得高兴的！"

艾尔肯和红湃湃齐刷刷地一转身。循声望去，却见到一只模样长得很像多肉植物的动物——准确地说，是尾巴仿如多肉植物的叶子的动物——就相貌而论，他其实长得蛮像白兔子的，只是，在他兔子一般的身体后面，却长着许多条嫩绿的模样十足像多肉叶子的尾巴，由于这些绿色尾巴通通都竖立在他身后，看上去，他与开屏竞艳的孔雀又有些相似。他有一双瞳仁翠绿的眼睛，顾盼生光。

"噢，我知道了！"艾尔肯这次倒是一眼便认出这种海洋动物，他叫喊着说，"海兔，你是海兔！"

——只不过，艾尔肯以前见过的那些海兔个头都非常细小，身体就那么几厘米左右。但眼前的这只海兔却比那些陆地上的真兔子还要大，加上他身后那副漂亮的"多肉"尾巴，看上去就更显壮观了。

"海兔？哦，好像是有那么一个称呼用在我们身上。"他的声音就像牧笛一样清脆悦耳，"但我的名字不叫海兔，我叫泗真绿，海灵泗真绿。"

"嗯，我叫艾尔肯。"艾尔肯蹿上前去，自来熟地绕着对方边游边说，"海灵先生，你的尾巴可真够多的，整整十条，比九尾狐狸还多一条呢！不过我有点奇怪，游起来时，不会很不方便吗？"

不知是好奇心太大还是其他什么原因，总之，此时的艾尔肯好像把刚才遇险的事儿完全抛诸海底那般，不当一回事了。

名叫泗真绿的海灵没有说话。他饶有兴味地打量着一惊一乍的艾尔肯。

"适可而止吧！"红湃湃实在看不下去，她上前制止并低声提醒艾尔肯，"这是一位海灵，海灵！"

"呵呵！"望着面前这两条有点傻里傻气的鱼儿，泗真绿笑了笑，说，"呃，海魇魔刚刚离开，海底下还有它留下的气息，我得处理一下后续的事情，你们稍等一会儿吧。"

话一说完，泗真绿左边的海水微微一漾，一只色彩斑斓的青蛙鱼凭空冒了出来。它的个头看上去比艾尔肯还要大些，甫一出现，便立即"呱呱唧呱呱唧"地叫了一阵。

"哇，这是青蛙还是鱼！"艾尔肯根本没有见过这样的鱼儿。

"呵呵，它是青蛙鱼，"泗真绿说，"同时也是我的《海洋说》。"说话之时，他身后的一条尾巴突然伸长，像触手般在青蛙鱼的头顶点了一下。随即，青蛙鱼几乎化作一道绿光，以极快的速度冲向深沉漆黑的海底。

大概半刻钟后，深海之下，闪烁的绿光由弱到强，仿佛眼前一花，那只青蛙鱼又重新回到泗真绿的身边。艾尔肯再次好奇地打量着它。但青蛙鱼却看都不看他一眼，它摇着头晃着脑，张开青蛙一般的嘴巴，呱唧呱唧，呱呱呱，唧唧呱唧……叫了一阵子。

艾尔肯又是好奇又是不解，他低声问旁边的红淼淼："他们在做什么呢？"

"交流，海灵和自己的《海洋说》正在交流当中。"

"哦，好奇怪的语言。"艾尔肯说。顿了顿，他又自言自语般说："有点像摩斯密码？"之后，突然想起什么，他高声问红淼淼，"你的《海洋说》，怎么……不会说话？"

"因为……因为海葵不会讲话，但它画海蚪不也是很快吗？你可不要小看它！"红淼淼有些不高兴了。

"我没敢小看它。"艾尔肯低声说。

"哼！"

当青蛙鱼的叫喊式交流突然停下来时，有那么一会儿，四下里蔓延着一种怪异的静默。

"嗯，"红澎澎打破静默，"泅真绿海灵，我是……"

"呵呵，你是红澎澎，我知道的。"泅真绿笑着打断红澎澎，"从你们身上的灵力性质，我早就知道了。请代我向你灵长问好！"说到这里，他转而深深地望向艾尔肯，"渡渡，真的没想到，到现在我们才第一次见面，不过，能在这种情形下与这样的你重新认识，我感到非常高兴。"

艾尔肯听得云里雾里，呆望了泅真绿好一会，他才知道说话："海灵先生，怎么我一点都听不明白？您……是不是又认错谁了？"

艾尔肯心里实在有太多不解。当他鼓起勇气，准备向这位才刚认识的海灵问个究竟时，泅真绿已经开口："渡渡，我知道你心里有很多疑问，虽然这是我们的第一次见面，不过，关于你的事情，我还是知道不少的。"说话间，泅真绿的神情变得严肃，"然而，有些问题不应该由我来回答，有些问题我也回答不了。所以，耐心等待一下吧，我想，你很快会得到你想要的答案。尽管不一定会很完整。"

听泅真绿这么说，艾尔肯一时间不知如何回应，只好沉默。

"嗯，泅真绿海灵，"见艾尔肯沉默不语，红澎澎便开口说，"这片海域离你的辖海有点远，我估计，你不是碰巧来到这里吧？"

"当然不是，我寻找这个海魇魔已经很久了。"泅真绿说，语气相当地不轻松，"好在我来得及时，万一这次它真的吞噬你们，后果就不堪设想了！"

"唉！"叹了一口气，红澎澎低声说，"不小心中了埋伏，都怪我没用！"

"怪我才是，"见红澎澎惭愧难过的模样，艾尔肯大声接口说，"如果不是我瞎捣乱，红澎澎就不会那么吃亏啦！"

察觉到自己的话说得有点儿重，泅真绿微微一笑说："呃，现在不是没事了？不要过多自责，关键是吸取教训，在我看来，这次遇险对于你们来说，未必不是好事。"

"嗯，明白的！"红淜淜说。

"虽然我有很多不明白，"望着红淜淜转好的脸色，艾尔肯说，"不过，我还是明白红淜淜说'明白'的意思的。"

"哈哈……"泅真绿被艾尔肯这话逗得哈哈大笑，他说，"我现在得离开这儿了，红淜淜，回去好好练习海言吧，合适的时候，渡渡，我会过来找你交流的！"

话音刚落，他往后一退，身后有两条绿色的尾巴瞬间往前拉长，像是抓住了水中两个看不见的支点般，只一下子，泅真绿的身体便轻飘飘地荡出去好远。如此反复三次，他整个儿消失不见了。

望着泅真绿离开的方向，艾尔肯呆了好一会才说："真是别具一格，原来游泳也可以像荡秋千那样，太有创意啦！"随后，他又大喊一声，"不好，又忘记问他怎么变回人类了！"

对于他的一惊一乍，红淜淜并没有理会，她神情郁郁地说："回去吧。"

艾尔肯乖乖地跟在她身旁。他心里知道，红淜淜之所以突然有些消沉，肯定是之前的经历让她意识到自己能力的不足。若是平时，他可能还会故意刺激她一下，但经过刚才那些事后，他却不知道该说什么才好。

"要加倍努力了！"红淜淜突然自言自语般说。

"嗯，"艾尔肯虽然还不大懂，但他还是学着妈妈以前安慰自己那样去安慰她，"你是最棒的！"

红淜淜的心情似乎有些好转，她叹了口气说："无论跟你这个傻瓜说些什么，你现在还是不会明白的。"顿了顿，她又问，"想不想，去我家看看？"

"去你家？好呀好呀！你是住在珊瑚礁里，还是住在岩石缝中？"他才刚问完，红澎澎就突然加快了水流的速度。

他们并肩游着，周围的一切都在急速掠过。他看到红澎澎的尾巴变得又长又宽，随波流转如同飞舞的裙摆。

"红澎澎，你的尾巴变长啦！"艾尔肯简直不敢相信自己的眼睛，他激动得双鳍不停比画。

水流之中，红澎澎滑行得越来越快，她用变长了的胸鳍捎住胡乱比画的艾尔肯，再次猛然加速。艾尔肯恍恍惚惚地跟着，他的身体传来一种独特的感受：虽然自己的形体并没有明显的变化，但他却完全感受不到一丝一毫来自海水的阻力，自己仿佛就是身边的水，水就是他，他已经彻底地融入这股奔涌的水流当中——以他难以理解的形式。他忘乎所以地享受这种淋漓尽致的畅快。

此时的艾尔肯，海魑魔也好，海灵也好，不明不白的事情也好，已经抛诸脑后。

"这是身为海灵都有的变身能力，我现在就处于变身的状态。"见到艾尔肯适应过来，红澎澎主动解释说，"由于我也是刚刚领悟的，所以还远远没达到最快的速度。"

"哟嗬，哟嗬……"听红澎澎说还可以更快，早已兴奋得脑血管吱吱作响的艾尔肯大声欢呼。

不用多久，他们已经来到一片茂盛的海底草地的上方。

"我的家，"望着底下一块青青小草，红澎澎说，"就在这里。"

"入口在哪儿？"艾尔肯左顾右盼，希望能找到那个象征着家的大门抑或是洞口甚至是缝隙，但四下里就只这一片平淡无奇的海草地。

"要稍等一下。"红澎澎叫住他。她对着海草地快速吟唱了一句海言。

随着吟唱的结束，呆滞平坦的草地仿佛刚刚睡醒，草儿们意态欣欣地抽条生长，舒展向上，只一会儿工夫，便自动结出一所由几个大小不一的茧子组合而成的模样怪异的房子，姑且称之为"草茧房"吧。草茧房正中的一个草茧最大，四周则围了几个较小的。每个草茧上都留了些大小不一的洞口，看上去颇有采光窗的感觉。要进入这些草茧房，则先要穿过一道由绿草结成的弧形的尖顶长廊。

　　"就像一朵绿色的太阳花。"从上往下察看了一会，艾尔肯煞有介事地评价。

　　"跟我来吧。"红淞淞说完，率先游入。

　　一入草廊，艾尔肯就有种林荫大道下行走的感觉，两旁的草壁长势自然修长，还有星星点点不同颜色的小草花点缀其中。他用尾巴拍了拍草壁，感觉还挺结实的。

　　"其他鱼儿不能进来？"艾尔肯问。

　　"这是由海灵之力和海草的生命力构成的，没有我的邀请，任何鱼儿都无法进来。等我离开后，它就会恢复原来的状态。"说着说着，红淞淞又带上了一贯的说教口吻，"海灵的灵力来自海洋却不会改变海洋，如果想让海草长成怎样就怎样，甚至支配所有的海洋生物，那海灵就不是海洋的守护者，反而变成主导者了。没有任何的事物能主导海洋的意志，除了它自己。"

　　艾尔肯鼓起嘴吐了一串泡泡："听着就觉得头疼。"

　　"那是因为你笨。"红淞淞转过头来，倒游着对艾尔肯说，"我可是很少带朋友来我家的，除了鲁冰渣和我弟弟红淡淡。"

　　"哎呀呀，"艾尔肯翻了个筋斗，笑眯眯道，"那你为啥要带我来？"

　　见他一副明知故问又扬扬自得的讨嫌样，红淞淞先是嗤笑一声，继而柔声道："毕竟，我们总算共过患难了，我感觉你也不坏，一高兴就把你带来啦！"

"哎哟，按你这意思，"艾尔肯喜形于色，"我们是患难之交啦？"

"那还用说，"瞪他一眼，红渺渺没好气地说，"说你不是笨蛋都不行！"

"患难之交，酷毙了！"

艾尔肯激动得猛一蹿便来到红渺渺身后，他的尾巴重重拍在红渺渺的尾巴上——尾约吧！

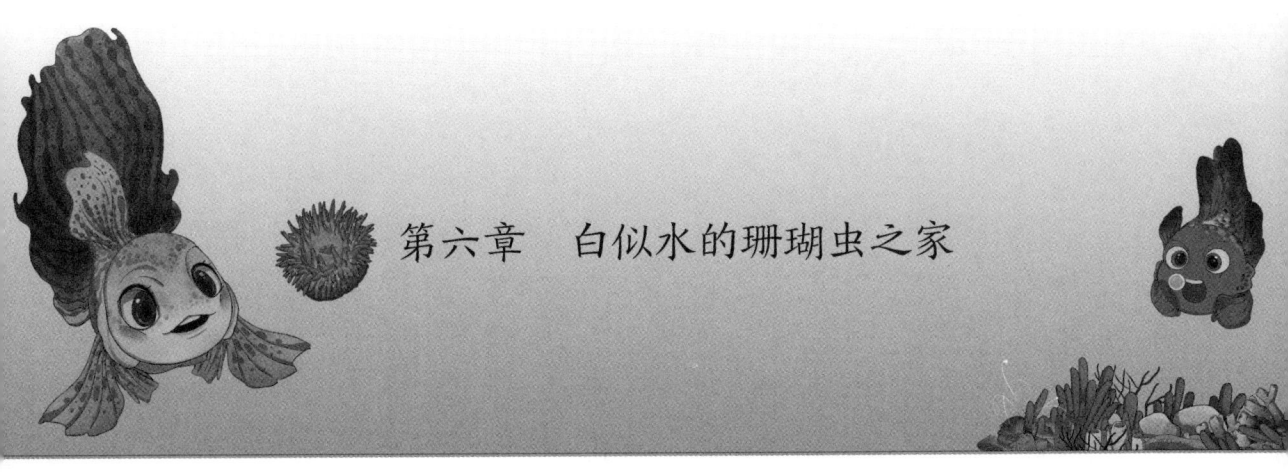

第六章　白似水的珊瑚虫之家

1

"接着是海洋气象预报：由于受寒流的影响，海水温度稍有下降。浅海的鱼类要注意保暖，深海的鱼类感觉依然舒适。今天暗流的流动方向是东南偏南，天空晴朗无云，海风不大，海浪不高。预计明天的天气没有变化，后天、后后天也大都如此……"像模像样地，艾尔肯做着海洋天气报告。

当然了，内容都是他随口瞎编的。他只是突然地很想看一会儿电视——哪怕是以前认为最枯燥乏味的天气播报。此时此刻，艾尔肯确实有点儿无聊。

但他并非真的无事可干，恰恰相反，眼下还有些鱼儿正四处找他帮忙呢！不过他实在不想搭理，因为它们是找他去跳舞的——一想到那条对他的舞姿老是百般挑剔的鹦鹉鱼，他更是了无兴致。但话又说回来，要是在寻常的日子，艾尔肯作为优秀民族舞蹈家的儿子，他还是乐意奉陪的。

这回可不一般，跳舞的目的是源于新旧海底住户间的争斗。

事情其实是这样。自原先栖息在这片小海域的海族动物回迁之后，原住鱼与迁徙鱼之间基于食物基于领地基于意识形态等等，摩擦一直没有停歇。由于红淼淼之前的明令禁止，那种明目张胆的武斗已经没再发生。于是乎，武斗演变成文斗。

最开始，动物们进行的是诗歌创作大比拼。

这可不能小瞧了那些脑瓜子细小的鱼儿，作起诗来，它们往往能在比赛中脱颖而出，完全不亚于大脑袋的章鱼——以至于，赛后的好些日子里，大鱼们在觅食之时，一旦遇见这些了不起的小家伙，都必须停下来念诵它们的诗以示尊重。这反倒成为小鱼们逃之夭夭的好时机。

诗歌中流传最广影响最深的，则莫过于那首《游游遛遛》。这是迁徙鱼中一条名叫莎哑士的吟游诗鱼的即兴之作。据说，莎哑士曾经在一艘沉船附近意外地找到一尊莎士比亚的雕像，从那时开始，它就一直住在莎士比亚的脑壳里。躲在海藻丛里足不出户的艾尔肯，此刻又听到毗邻而居的比目鱼们在反复诵唱：

黎明的时候，
该去珊瑚丛里游一游，
欢天喜地把歌唱，
友爱相亲的鱼儿呀，
可不要忸怩怕羞，
来吧，我们结伴同游！

黄昏的时候，
该去珊瑚丛里遛一遛，

填饱肚子再游戏，
呼朋引友径相问：
往惜的流浪与失所，
哎哟，从此没有！

天亮了的时候，
再去珊瑚丛里游一游，
东藏西躲真失礼，
龌龊的家伙呀，
没臊来又没有羞，
瞅瞅，它老想撵你走！

天黑了的时候，
再去珊瑚丛里遛一遛，
整蛊作弄到处有，
跳梁小丑，
它抡起笤帚儿尾巴，
专挑，黑夜下手！

面对一首如此明嘲暗讽的诗歌，原住鱼们终于按捺不住怒火，为了更好地抨击这帮反客为主的野蛮动物，它们请出了深居简出却满腹经纶的章鱼满嘴汁。艾尔肯听爱打汀说，作为学院派学者的代表，满嘴汁当时是压轴出场的。一上来，它便大大地吐出一口浓墨，然后立刻手脚并用，只片刻的工夫，它居然左右开弓地在水中同时写出两首古体诗词来。

诗一曰：
背井兮离乡，游子兮断肠，
载海域兮怨声。
海藻兮珊瑚，于眼前兮无望。

诗二曰：
珊瑚海藻碎渣，
大鳖小蟹毛虾，
土匪强盗傻瓜。
大雨倾下，
断肠鱼在啃泥巴。

如此这般，这般如此，诗歌的对决陷入了胶着状态。红唇蝙蝠鱼则因为不懂鉴赏而被撵出了裁判席。由于诗歌大比拼实在无法分出胜负，争斗的方式于是又改成了斗舞。

要说到舞蹈，海豚、水母、黄花鱼、小丑鱼之类的鱼儿是必不可少的。比拼到了一定程度后，就连身为地图鱼的艾尔肯也被硬拉着去排练了。

"不行，你尾巴的摆动很不自然。"

"不行，你的鱼鳍扇得不够妩媚！"

"不行，你的眼睛睁得太大，要半张半合，你的鳃不够红润、你的鱼鳞太刺眼了……"

"哎哟，是谁给我找来这个连跳舞都不会又时常自以为是的家伙！"

就这样，艾尔肯一直被舞蹈总监红鹦鹉鱼嫌弃着，到了后来，甚至连他的游泳方式在它看来都是"无法调和的败笔"。艾尔肯被烦得不行，索性躲了起来。

没完没了地排练，没完没了地比斗，艾尔肯真希望红淼淼快点出现。

距离上一次的历险已经过去十多天了，红淼淼一直忙着练习海言，其间，艾尔肯去找过她一次。再次踏入红淼淼的草茧房，艾尔肯有了些更直截了当的想法——能成为小海灵甚至是海灵，那是件多么好玩儿的事情。

红淼淼所住的草茧房其实蛮阔大的，内里还用带状的海藻分隔开好多个大小不一的房间。艾尔肯在草茧内转悠了一会儿，便分不清东西南北了——原来，一旦被陌生访客碰到，带有灵力的坚韧海藻就会自动移来转去地迷惑对方。一直等到埋首于海言练习的红淼淼回过神来，海藻的活动才被止住。草茧房内的天花板上——如果草编的房顶也可称为天花板的话——总是漂游着一些鱼儿形状的彩色水泡，泡内还兜着一片片雪花状的蓝色海苔。艾尔肯觉得好玩儿，便伸出胸鳍想戳破一只瞧瞧，由于水泡鱼弹性十足，他捣来弄去的非但没能如愿，一不留神，竟然被水泡鱼套住全身了，当时，他哪怕动一下身体也异常艰难。

"困住那些胆敢到处捣乱胡作非为的家伙，便是它们的主要用途。"红淼淼解释说。而这也是她近来练习海言的最大成果。

草茧房里，还到处安放着一些红淼淼用植物编成的小动物。一开始时，艾尔肯并不在意，以为只是女孩子的普通玩偶，直到被一只用紫菜藻织成的贻贝夹痛尾巴后，他才不敢胡搬乱弄。

"红淼淼，你实在太了不起啦！"

"只不过是灵力运用的基础罢了。"红淼淼的话语里总显得轻描淡写，她说，"作为海灵，运用这些完全不算什么。"

但艾尔肯却已经羡慕得不行。回来时，他央求着红淼淼用各色海草编了一条和他一模一样的地图鱼送给自己。只是出门没多远，离开红淼淼住处的草编地图鱼就失去灵力的支撑，完全散架啦！

打那以后,他就没见过红淜淜了。毕竟,她是立志要做真正海灵的鱼儿,肯定不像自己那样整天只想着玩儿。这一点,艾尔肯心里清楚。

2

正当他独自无聊瞎想之际,一片长浪突然从远处涌来。他连忙游出海藻丛张望。

按理说,海面之下海里的波浪就像陆地上的风,肉眼应该无法直接看见。可这片波浪却自有不同,它是淡青色的。远远地,它从南面迎着艾尔肯这边涌来,浪头虽然不高,但左右两端却望不到边,似乎横跨了整片的海域。等到浪头靠近,波浪里居然显出无数双滴溜溜的颜色深青的眼珠——原来,波浪是由无数条水一样的鱼儿形成的,它们没有固定的形态,时而扁时而圆又时而拉长缩短。欢腾跳跃地,它们来到艾尔肯的面前将他一下托起,翻了几个滚后又轻轻放下,继续欢快地向前涌去。

在水之鱼儿的亲密簇拥下,他仿佛听到了歌声——水的歌声,浪里的每一尾水鱼儿都是一枚独特的音符,有的滴滴有的哒哒,有的叮叮有的咚咚,有的哗哗也有的啦啦,它们高低错落如歌如咏,节奏不紧不慢,却总能与艾尔肯的心跳呼吸相互应和。他不自觉地闭上眼睛,一时之间,心底下积蓄的所有烦恼都褪色了。哦,莫不如说,一切烦恼都被无限地缩小,小到仿佛从未发生!假使能在这片水之鱼浪里一直畅游,该有多好!

睁开眼睛,艾尔肯这才注意到,不光是自己,就连那些一直闹个没完的动物也都陶醉其中——小丑鱼和蝴蝶鱼停止了旋转跳跃,黄花鱼不再和沙丁鱼比谁的阵形整齐,最难得的是扇贝与海蛎子,它们本来相互地紧夹着互飙贝壳舞的,现在已经化作深情的拥抱了。

艾尔肯实在好奇得不行，他追上前去伸出胸鳍轻轻拨弄，可水鱼儿们却像寻常的海水，根本没有任何独特的触感，正当他想触碰那些眼睛时，波浪却瞬间平复下来。水之鱼儿也随即消失不见。沿着它们涌来的路径，遗落下点点残留的青光提醒着艾尔肯，他并没有做梦。

"灵长要见你了。"一个声音打破艾尔肯平静的遐想。

红淅淅不知何时来到艾尔肯身后。恢复行动的动物悠然地四散开去。

"见我？你是说海灵要见我？"艾尔肯以为自己听错了。

"没错，我的灵长要见你了。她就是东木海的大海灵。"红淅淅刻意强调一下这点，接着又说，"跟我一起去她那里吧！但必须提前告诉你，接下来你会看到许多从没见过、甚至连想都想象不到的事物，到时候可不要一惊一乍的，更不要问个不停，向你解释这些无聊问题的可不是我。还有，嗯，一定要收敛你那种惯常的冒失行为，那是对灵长的不尊重。明白吗？"

他们并排而游，红淅淅一边说着一边观察艾尔肯。但他只是一副呆呆出神的样子，也不知道究竟想些什么去了。

想到上次他对海灵洇真绿的失礼言行，红淅淅有些恼怒，她凑近艾尔肯大声地说："你到底听到没有，我讲的都是见大海灵时要注意的礼节！"

艾尔肯还是没有回应——他的脑子正自个忙着呢！他在想，这位大海灵到底是什么样的鱼儿？她见自己的目的究竟是什么？终于能见到她了，要问的事情实在太多，得好好组织一下才是！但肯定要先问出变回人类的方法！可是，她会帮助我吗？还有灵洼姐姐和洞窟的事，自己答应过要保密的，得小心些，绝不能粗心大意说漏嘴了！不过，海灵那么厉害，假如被她瞧出些蛛丝马迹，那该怎么办？事情来得有些突然，他心里七上八下，再也顾不上搭理大声嚷嚷的红淅淅了。

要是放任艾尔肯这般愣乎乎地游，估计游到明天晚上都到不了灵长那儿。于是红淅淅唤来了鳗鱼，只是一吞一吐的工夫，他们就到了之前来过的长满茂盛珊瑚与海草的广阔斜坡上。

"接下来要到的地方，不能通过鳗鱼进去。"红淜淜提醒艾尔肯，"里边的水道有些繁杂，你得紧跟着我，要是跟丢了，我可不想到处去找你。"

艾尔肯咕哝着说："我又不是小孩子，哪有那么容易走丢？"

"你的确不是小孩子，你是大孩子！"

知道艾尔肯必然会大加反驳，红淜淜并没有这般说出。她可不愿意将时间浪费在这种毫无意义的口头争论上。带着艾尔肯来到一座小山包那般大小的珊瑚礁前，红淜淜短促地吟唱了一段海言。接着，在靠近他们的一根枝丫状的珊瑚上，两只细小的珊瑚虫像吹气球一样鼓胀起来，胀大后，它们轻飘飘地各自移向一边。左边那只赤色的就像玫瑰花的珊瑚虫说："最好是天各一方。"

另一只黄色的如同百合花模样的珊瑚虫跟着附和："最惨是朝夕相伴。"

"为什么呢？"左右打量着这两只漂亮的珊瑚，艾尔肯问，"到底有什么特别的意思没有？"但它们却没再说话。

"它们都是这座珊瑚山的耳朵。想想看，谁会愿意自己的两只耳朵天天待在一块？"红淜淜在一旁解释的时候，交错的珊瑚丛里分出一条小道。

红淜淜率先游了进去。紧跟其后的艾尔肯问："你刚才念的，是芝麻开门之类的口诀吧？"

"什么芝麻开门？我只是用灵力让珊瑚移开一点而已。"红淜淜说。珊瑚小道里一片漆黑，还好有红淜淜的大海葵帮忙照明，才能模糊地看到一些事物。

"海灵干吗要住在这种石头缝里？"

红淜淜没有回答，她用急流拽着艾尔肯加速往前。

内里的地势时陡时平，艾尔肯一会儿被水流带到高处，一会儿像是被冲进深潭，他逐渐察觉到，自己好像置身于一个类似于溶洞之类的七拐八绕的洞穴之中。一直转到艾尔肯头晕目眩，他们才停了下来。

"你呀你，表面长了一副壮实块头，可就这么稍稍转悠几下，就已经一副半死不活无精打采的样儿，要是碰到大旋涡，那估计得晕死在里面才行。"对于挤对艾尔肯，红洴洴总是不遗余力。

艾尔肯也绝对不肯输在嘴皮子上："晕车，我一直都有点晕车，放心，歇一会就好。"在一块岩石板上趴了好一阵子后，他眼前摇晃不定的景物总算安定下来。

"晕车是什么东西？我只听说过晕船，我认识一条可怜的鲫鱼就爱晕船，所以，它每次远游只找鲸鱼或者大鲨鱼吸附。"红洴洴说话间，艾尔肯感觉好多了。四下打量，他发现自己确实身处溶洞之中，但这里已经宽敞许多，洞顶也高，上面还挂着一根根发着蓝光的石笋。

石笋上趴着许多绿色的球形小胖虫。它们好像以光为食，每当石笋的蓝光暗淡时，小虫便会去到旁边更加光亮的石笋上，等到原来的石笋重新亮起，又会有其他的小胖虫爬到上面。

"这些食光虫密密麻麻的，我最讨厌了，每次看都让我浑身发痒。"抖了下身上的鳞片，红洴洴向前游去，"歇够了就继续往前，不要磨蹭啦。"

连接溶洞另一方向的，是一条笔直"廊道"。

那是一条由奇异的大海藻自然生长形成的甬道，它恰好处于宽阔溶洞的正中间。结成甬道的大海藻看起来有点像藤蔓，叶茎繁茂而又相互缠绕扭结，像是约好了似的，大海藻只沿着甬道的外部生长，甚少往里伸延，于是便形成廊道了。在廊道内笔直地游了一段，溶洞便开始缓缓倾斜着向上伸展。大海藻廊道也依势而上。顺坡上游了一会后，前面现出一处光线亮堂的地方。

按捺不住心急，艾尔肯使劲跃过前面的红洴洴，迫不及待地蹿进内里，只留下红淼淼那句"说好了不能冒冒失失的",回响于溶洞之内。

3

内里其实是一个广阔高大的洞穴。

但在艾尔肯看来,它却与花园无异,而且是任何人类的花园都无法比拟的。甫一进来,艾尔肯就彻底被迷住了。

洞内的海床地面起伏随意,海草一丛一茬,茂盛生长。星星点点的梗子细长的白色草花上,来回浮游着一些萤火虫般的小动物,它们的脑袋总是时而绿时而红时而橙地明灭变幻,蒙蒙发亮如同笼了一层薄雾。

但珊瑚才是花园的主角。所有艾尔肯见过和没见过的,通通都在这里生长,它们不似惯常见到的那般一簇簇挤在一起矮矮地生长,也不是层层叠叠地堆成一座座小山。看上去,它们更像陆地上巨大的乔木,除了有粗壮的主干外,主干上同样长着枝丫,并且形态各异,当然不会见到任何形式的树叶,但树上却繁花簇锦——宛如蘑菇般附着在树干和枝丫上生长的珊瑚虫,大朵儿独立的、小朵儿连接成块状条状的,红的黄的蓝的青的紫的黑的,一并摇曳着往上生长,唯一能制约它们的只是洞顶的高度。

活跃在珊瑚花园里的,当然还有各种各样的动物,它们个个都稀奇古怪,陌生得让艾尔肯叫不出一个名字:有一种大海螺,个头比艾尔肯还大,却长了一个章鱼的脑袋;有一种不知该称之为鸟鱼还是鱼鸟的,模样长得与天上飞的鸟儿无异,身上还有短短的绒毛,它时而像鱼儿一样在水中游动,时而又展开翅膀像鸟儿般在珊瑚树间滑翔;远处有一条大鱼,单从样子看它倒成了最正常的动物,要不是它有着几乎与鲸鱼一般的巨大身体,艾尔肯估计连瞧都不会瞧它一眼——但它肯定不是鲸鱼,因为这里根本无法浮上水面呼吸。他的注意力总被那些细小的动物吸引,这会儿,他又在一条珊瑚枝丫

上发现一只神奇的蝎子——尽管体形和沙漠里的差不多，但它却多了一把锥子，长长的锥子从它的脑袋正中伸出，显得威武不凡；远处游来了一只小海龟，应该说，是像海龟模样的动物，除了那个坚硬的龟壳外，它没有尾巴，滚圆的脑袋上也没有眼睛，但它有六条腿，每条腿的外侧还长着一只细小的眼睛，至于为什么要在腿上长眼睛，估计只有它自己才知道。

就在艾尔肯惊讶于小海龟的怪诞模样时，一只大海龟从他身边游过——那是一只身体大得有如小汽车的大家伙，单单只是脑袋上的眼睛就大如饭碗，它的四肢黑漆漆的像被烧焦过一般，一块块的肌肉分明，恐怖有力。如果不小心被它一掌拍到，估计自己会被拍成比目鱼那般干瘪。艾尔肯想起了《西游记》中的通天河，说不定，它就是书里所说的驮着唐僧师徒过河的那只呢！遗憾的是，它呆板的脸与浜爷爷不同，表情大不友善。怕惹恼了它，艾尔肯也就没敢开口询问。

见到它游过来，艾尔肯连忙摇着尾巴退了开去。没想到这一退却撞到了什么东西。转身一看，原来只是一小丛海藻。没想到的是，这丛海藻居然会说话："我现在只吃素，谢谢你的鱼尾巴，不过我不想吃。"说完之后，海藻就一步接着一步地走开。

艾尔肯惊得不知所措，任由海藻逐渐远离自己。它行走的时候，会先伸出一只椭圆形的"脚板"插进沙土里，然后再拔出另一"脚板"插入前面的沙土，每跨出一步，它身上的海藻叶便随之一颤一荡。

"哇，海藻成精啦！"回过神后，艾尔肯大喊了一声追上前去。他轻轻碰了碰海藻的根脚，却把它吓得不敢再拔脚出来。

"我怕痒。"良久之后，海藻才又重新拔脚前行。

"救命呀，海藻成精啦！"

艾尔肯淋漓尽致地挥洒他一惊一乍的本色。就连海藻都搞不清楚到底谁吓谁了。突然，艾尔肯的脑袋被轻轻拍了一下——是一只和姚明一般高大的大企鹅，它背上的毛发是褐黄色的。它居然能在水中不受浮力的影响若无其事地人立而站。

"从前有只企鹅，坐着海蛇轮子一直转一直转。为什么？"大企鹅问他。

艾尔肯想了想，摇了摇头说："我不知道。"

"因为它们是朋友。"大企鹅自顾自地笑了一阵，又问，"从前有只企鹅，坐着海蛇轮子一直转一直转，它们来到一个山洞里。为什么？"

艾尔肯继续摇头，这会儿他想也没想就说："还是不知道。"

"因为海蛇想去山洞里冒险。"大企鹅又自个儿笑得心满意足。它再问，"从前有只企鹅，坐着海蛇轮子一直转一直转，它们来到一个山洞里，海蛇不见了。为什么？"

"不知道。"艾尔肯直接说。

"因为它变成了旱蛇。"

"可变成旱蛇也不会不见了呀。"这会儿，他听出了这个问题的毛病。

"因为山洞也不见啦！"大企鹅扬扬自得地游走了。

"还真是个'蛮不讲理'的谜题。"艾尔肯嘟囔着说。

此时，一直在身后远远看着的红渺渺游到他身边，示意他安静下来。

4

大海灵终于回来了。

"渡渡，欢迎你，欢迎你再次来到珊瑚虫之家！"

艾尔肯先是听到声音，然后才看见一双水莹莹的墨绿色眼睛在面前凭空冒出。望着这双眼睛，他有点不知所措地小声问："您就是这里的大海灵，红渺渺的灵长？"与一双眼睛对话，感觉真是让人别扭，他不知道她的嘴巴在哪尾巴在哪，若是老盯着那双眼睛，会不会显得很没礼貌？

"不错，我就是白似水，东木海的大海灵。"大眼睛在水中眨了眨，渐渐地，她开始显出鱼儿的形态。

"请问，为什么我会变成鱼儿？"再也顾不上惊讶，艾尔肯忙不迭地问出一直以来最想知道的问题，"请您告诉我，我要怎样才能变回人类？"随着艾尔肯的问话，白似水的身体也由虚转实。

好一条洁白高贵的鱼儿！应该是条狮子鱼，艾尔肯猜测。她身上那扇子状的鱼鳍看上去与鲁冰渣相似，但身体却大如海豚，修长柔软的尾鳍有如雪纺纱裙，姿态曼妙至极。

也不见她有什么动作，白似水便轻灵飘逸地绕着艾尔肯转了一圈："听红淼淼说，你现在的名字叫艾尔肯？"白似水的话语温婉沁人，与灵洼总在变换声音的说话方式不同，这让艾尔肯更感亲切，如沐清风。

"其实……我……是的！"什么叫现在？自己从来都叫艾尔肯呀！但他并没有冒失地强调这点——眼下正是体现风度的时候，他可不想给高贵的大海灵留下不好的印象。

"我说得没错吧，"红淼淼在旁抿嘴轻笑，"他总是傻里傻气的。"

"不要这样说，红淼淼。"望着艾尔肯，白似水轻声说，"他有这种反应，也是正常不过的。"

"你听，你听海灵阿姨怎么说的？"发觉白似水替自己说话，艾尔肯不失时机地抗议说，"以后，你就别笨蛋呀傻瓜呀地乱喊乱叫了！"

"当然啦，艾尔肯怎么可能是笨蛋。"再次安抚他后，大海灵转而问红淼淼说，"我才离开了二十多天，一回来便感受到海族之间发生了些不该有的冲突，无奈之下，只好运用灵力强行安抚。你能解释一下吗？"

"其实，这是原住鱼与迁徙鱼之间由于领地意识产生的纷争。我正与渡渡一起为迁徙鱼寻找新家，但还需要一些时间，我会尽快……"红淼淼说话的声音越来越小，到了后面，她几乎没了底气。

"看来，离你可以独立平衡一片海域，还得要相当长的时间。"白似水低沉着声音说。艾尔肯似乎看到一抹忧愁在大海灵的脸上一闪而过，这样的表情与当初犯了风湿病的奶奶如出一辙。

难不成年轻美丽的大海灵也得了风湿病？他凭着声音和样子便认定，眼前这位大海灵应该还很年轻——殊不知，对于一条活了将近两百年的狮子鱼来说，她早已难言年轻了。一旦产生"风湿"这个概念，他便为自己的胡猜乱想找到依据——该不会是在水里住久了引起的吧？哎呀，我也会得风湿吗？一下子，艾尔肯就像掉了链的哈士奇。

"这种海族之间的矛盾，是最容易引发失衡的，你要尽快安置好它们。"白似水正色道，"还有，你得去黑井那边巡视七天，这是对你的处罚，也是锻炼。"

"知道了，红涔涔会尽快完成任务！"红涔涔爽快应道——虽然受到处罚，但这位小海灵倒像松了一口气。

"好了，忙你的事情去吧。"

"好的！"

望着红涔涔远去的背影，艾尔肯觉得，她尾巴摆动得比来时更自然了。女孩子的心思果然难以猜测——他又下了一个定义式的总结。

艾尔肯转身过来后，白似水便说："从我们上次见面到现在，已经过去两年了。"

"两年前，我们见过？"

艾尔肯之前一直感到奇怪，好多的海族动物都好像认识他一样，可自己却完全没有印象。不过现在，他心里已经基本猜到了。

"是的，"大海灵来到艾尔肯身边，与他并排浮于水中，"那时候，你还是渡渡来着。"

"这么说，"艾尔肯转身面对白似水，"渡渡就是地图鱼小艾尔肯原来的名字。你们认识小艾……渡渡很久了？"

话音刚落，艾尔肯突然感到有什么东西在他身体内左突右撞，似乎要破体而出，但由于一直无法如愿，于是，那莫名的东西霎时捣腾得他苦不堪言。他既痛苦又惶恐地问："我怎么啦，什么东西在我身体里？太难受了！"

"放松点，渡渡，放松点！"

像连绵的潮声，白似水的话语响彻艾尔肯脑际。艾尔肯同时有种感觉，从白似水的话声响起，里面的东西像是放下心头大石一般，主动安静下来，过了一会儿，艾尔肯体内的冲突便完全消失，像从没发生过一般。

"大海灵，"缓过气来，艾尔肯问，"发生什么事了？"

"这种情况，应该不会发生才是。"白似水想了想说，"具体缘由我现在不能确定，我想，应该是渡渡原来的意识跟我的灵力产生共鸣所致。"

艾尔肯听不明白，又不知该说什么，只好沉默。白似水继续说："渡渡原本便是海灵，这具属于他的身体，现在只是借给你而已。"她伸出如丝绒般柔软的胸鳍抚过艾尔肯的身体，"渡渡他其实并没有离去，他的灵魂住进了你心里某个隐秘的角落，正常来说，在你的灵体没有离开他的身体之前，他是不会出来的。"

对于这种成年人都无法理解的事情，此时的艾尔肯更难言有什么体会，但他却抓住了一个重点，于是说："照这意思，是不是说，我还能回到我的身体里，过上从前的生活？"

"是的，只要在作为人类的你的意识中，激活那股原本属于渡渡的海灵之力，等你成长为真正的海灵之后，你就能选择离开或不离开渡渡的身体。"白似水用缓慢的语速向艾尔肯解释，"但是，我只能帮你唤醒一部分灵力，剩下的还得靠你自己去努力。"

沉默了好一会。艾尔肯问出了一直压在心底、自己却根本不敢相信的问题："您是说，我将会成为像您与红泱泱那样、能唤出自己的《海洋说》、能随时加速水流、能随意在鳗鱼洞中穿行，那样的海灵？"

"那是当然的。你所说的那些，都只是作为海灵最基本的能力而已，我更愿意相信，作为你来说，定必成为一位超越历代所有海灵的存在。"说这话时，白似水显得非常严肃——应该说，在她严肃得近乎严峻的表情下，带着一种深深的担忧。不过，此刻艾尔肯却没能注意到这些，他心里已在默默盘算：照她这么说，很显然，离可以回去人类世界应该还有一段不短的日子——但绝对不坏，只要能回去就行。现在，艾尔肯对获得这种不可思议能力的渴望，开始盖过迫切回家的念想了。

"唤醒全部灵力需要多久？"

"不同海灵的学习能力和适应性各有不同，从这一点上看，应该与人类个体间存在的差异在性质上是相似的，你的聪慧再加上你的特殊性，我觉得，应该会很快。况且，作为渡渡本身，他早已是海灵了，你根本无须从小海灵学起，在唤醒灵力的同时唤醒与他相关的记忆就行。等到完全掌握了海灵之力，你便可以选择：重新回到人类的身体做艾尔肯，抑或留在海洋里，继续当海灵渡渡。"说到这里，白似水停了下来注视着艾尔肯——她是如此庄严神圣，她又说："不管将来你的抉择如何，从唤醒灵力成为海灵之日起，你必须运用灵力去维系海洋生命力的平衡，促使海洋更加健康富饶，而这一点，也是海灵与生俱来的使命。你能答应我吗？"

"当然，这是应该的！"

艾尔肯完全没有犹豫。他非常清楚，这是一个没有第二选项的选择题，相比之下，对于拥有那份神奇的海灵之力，他已经有些迫不及待了。

"嗯，"深深望了眼这条独一无二的地图鱼，白似水微笑着说，"在激活你的灵力之前，我想再问一件事情。"顿了顿，她接着说，"能不能跟我评价一下,与红澎澎相处,你有没有一些特殊的感受?"

"什么?"艾尔肯被大海灵突如其来的问话弄蒙了,"与红澎……感受……特殊的?"他不明白这位大海灵到底想问什么,呆了一会,不知哪来的灵光一闪,他突然想到什么,"您是想问,红澎澎对我的态度?"

"反应挺快,"白似水说,"看来,她对你的态度并不好?"

"噢!不,不是您想的那样!"怕自己说错话对红澎澎有不好影响,艾尔肯连忙解释,"一开始可能因为不熟悉,那时确实有过那么一丁点儿的小别扭,不过现在,红澎澎已经是我来到海洋第一个真正的好朋友啦!"

"呵呵,别紧张。"白似水柔声说,"你现在肯定看不出来,红澎澎拥有多么出色的天赋,甚至可以说是无法替代的,她是我的继承者,我以后只会对她更好,这个你放心好了。不过我还是很想知道,你认为,红澎澎之所以对你有那种态度,是什么造成的?"

"我之前也有想过,哦,其实也没真的想太多。"艾尔肯斟酌着说,"开始的时候,我每次提到人类,红澎澎就总是给我脸色,呃,大海灵阿姨,她给我脸色看只是很短很短的时间,我觉得,红澎澎是不是受过人类伤害什么的,所以才拿我出出气?"

"说到点子上了,"白似水说,"是这样,在红澎澎还没成为我的小海灵之前,除了她和弟弟红淡淡这两条漏网之鱼,红澎澎一大家子都给人类的渔船捞走了,也是因此,她才一直对人类心怀怨恨。"

听了大海灵的话,艾尔肯一下子不知该说什么,啜嚅了好一阵才开口:"我……我能做些什么吗?"

"说这些给你听,并不是要你做些什么,完全没这必要。"白似水略显严肃地说,"作为我的继承者,是不能对任何生灵心怀恨意的,红澎澎只有靠自己消除这股恨意,心灵才能真正圆满,才能成为真正意义上的大海灵。以后你们难免要时常相处,你不必多说什么,顺其自然,尽管做你自己就行，这便是对她的最大帮助。"说到这里，白似水话锋一转，"渡渡，哦，我还是习惯叫你渡渡，但不管叫什么名字，那都是现在的你。那么，唤醒你的海灵之力，现在就开始吧！"

白似水伸出胸鳍在水里划了一圈，随即，一颗青色的蕴含勃勃生机的水珠将艾尔肯包裹起来。

水珠青光流淌，裹在其中，艾尔肯的身体散发出莹莹光芒，尤其是他身上的橙红色花纹，隔着水珠望去，宛若有一团火焰在他体内燃烧，炽烈之至，耀目之极。

而此刻，艾尔肯敏锐地觉察到，有一些莫可名状的东西像水一样在他体内回旋流转，且越来越快，它具有自主意识，根本不受他的控制。一会儿，像是终于找到出口一般，那东西猛然从艾尔肯的双目之中涌出——那是两条青光莹润的液状生灵，它附着在艾尔肯的身体上，很快包裹住他的全身。与此同时，他的身体渐渐变得透明，最终，完全消失在眼前。

恍恍惚惚的，艾尔肯感到自己以无法理解的形式离开了珊瑚虫之家，接着又离开海洋。

当一切恢复正常后，他发现，自己正身处一道蜿蜒无尽的长河，河水晶莹透亮，河床上到处都是色彩斑斓的巨大卵石。除了自己，长河里见不到其他海族的存在，河岸两边的大地上，没有任何活物生长行走。

最先引起艾尔肯注意的，当然是眼前这些巨大的彩色卵石——不知为何，他的目光每在一块石头上扫过，滑溜的石面便会浮现一些弯弯曲曲的符号，然而，当他凑上前去凝神细看，那些弯曲如蛇的符号却是渺无踪迹。呆了呆，艾尔肯随即明白过来——这里所有的卵石，每一块都镌刻着历经岁月而来的智慧，由于过于抽象过于久远，现在的他无法解读。

伸长胸鳍在一块卵石上抚过后，艾尔肯开始沿河前溯。

在这道河流里，他游得毫不费劲，随着他越游越快，两岸原本一无所有死气沉沉的大地上，终于见到了植物——开始是苔藓，接着是青草，当巨大的蕨类出现后，树木显露出来的身形让艾尔肯差点儿不敢相信自己的眼睛——它们的树冠直入云霄，宛如活生生的绵绵山脉。被好奇心驱使着，艾尔肯不断加速前游，各种事物也随之呈现，不论是植物还是百兽，不管它们美丽抑或丑陋、巨大或者渺小，通通都是艾尔肯从没见过的。游着看着，看着游着，他觉得自己已经游得够远看得够多，想要停下来歇歇时，但却已经无能为力——哪怕身体已经静止不动，他仍然极快地挺进在河水之中。艾尔肯现在唯一要做的，便是继续观看如同浮光掠影的、来自大地来自山川来自森林、甚至是来自海洋的从没见过的森罗万象。他尝试闭上眼睛。但那些画像依然如潮般涌进脑海，并且，他开始听见狂风在耳边怒啸，他感到水的冰冷触感，他嗅到了硫黄呛鼻的气味……诸多事物的开端与演变，甚至终结，正以不可遏止的态势刺激着他的每一个感观。

究竟怎么回事？我在做梦吗？艾尔肯凝思冥想。

哦，是的，记忆，那就是记忆，那是属于我自己的最原始的记忆！艾尔肯听见了来自心底的声音——确确凿凿，毋庸置疑的声音。

太多的记忆在脑海里呈现的同时，复杂而矛盾的思绪，不断在他心头萦绕聚结。沿着记忆之河继续前溯，艾尔肯努力找寻那镌刻于时间轨迹中的印记。也不知经过多久，无尽的跋涉总算停下。

艾尔肯环顾周遭——除了透亮的河水和水下更加神秘巨大的卵石外，四下里孤寂得有如世界尽头。静谧之中，一泓奇异的水声传来，若隐若现。然后又是一泓，再一泓……那是清泉涌过历经无尽岁月的卵石所共鸣出来的声音。渐渐地，声音开始变得有起有伏，悠缓如同乐章。艾尔肯侧耳倾听——

那是作为水的本体用自己的胸怀拥抱卵石时发出来的，他越是凝神，感觉就越如轻吟浅唱。而且，声音里蕴含着一种艰深且难以言述的奥义。但这样的奥义并没有任何语言或符号的形态，只能透过感官去感受，艾尔肯自己也无法确切表述。

为了能够更好地记住这种奥义，艾尔肯尝试着将其转换成自己的语言。而这样的转述相对他现下所得到的感受来说，又难免有所偏差——应该说，是差太远了。也因如此，以下的叙述里不得不带上明显的艾尔肯风格。

那是"水"在生命之中不断转换的过程——没有既定的形态，既传递于根茎，又在血管里流淌。

然而，等到奔涌在血管里的水流进一种名为"恐龙"的生物的身体里后，孕育出来的却是暴食、贪婪、自私、懒惰……本应纯净的水被欲望沾染得丧失了原貌。处在力量最顶端的恐龙们觉得，只要进化出了绝对的力量，便能世世代代地繁衍生息。

"如果可以选，你最好能成为一只霸王龙，要不然，你就让自己看起来不那么美味，最好是难以下咽。"——一只与公牛差不多大的巨蛙总结出这个生存法则。它一生都躲在恶臭的沼泽里，也因此而获得了比其他同类更为久长的寿命。只可惜，它最后还是难逃恐龙的踩躏——一个大雾朦胧的夜晚，这只巨蛙被一头迷路的恐龙失足踩死了。对于一个体形跟山丘不相上下的大家伙来说，巨蛙赖以生存的沼泽，实在与一摊地上的积水没什么两样。

穹顶之下，皆是恐龙的领地。当这样的观念深深根植在恐龙们的血液中时——天上飞的鸟儿是它们的，地上长的果子是它们的，就连海里的几块礁石也是它们的。有什么是恐龙们不想要的？大概，就只剩下它们自己排出来的粪便了。所以，你绝对想象不到，屎壳郎曾是恐龙统治下最"吃香"的小动物。虽然屎尿这东西一般都很臭。

力量——强大的力量，力量代表一切的直截了当的生存方式，成为那个时代的唯一符号。

凭借着绝对力量，恐龙攫取了一切它想要攫取的食物。它们一个比一个骄傲自大，唯我独尊，藐视一切。在那个时代终结之前，它们除了相互为食外，甚至还吃起了天上的云彩——是的，它们连天上的云彩也没放过。而这种吃法则是从一只名为鲲的深海恐龙开始的。

有一天，鲲在一个海湾发现一大群水母，它于是抓起来大快朵颐，可是，抓着食着，鲲发现水母越来越少——原来，那一天的天空上出现九个太阳，过于猛烈的阳光终于把水母都蒸发成水母云了。

鲲知道后勃然怒吼："为什么连太阳也要这样为难我？"

最终，它长出了强健有力的翅膀，变成一种名为鲲鹏的飞龙，它飞上天空直接将云彩全部吞下。

而龙王的觉醒，则让恐龙们最终走到尽头。面对一群永无餍足的家伙，风之白龙、木之青龙、水之黑龙、火之赤龙、土之黄龙，震怒异常的五位龙王决定合而为一，让五行之力逆转。

世界开始重置。

所有生物赖以生存的大地和海洋，被推倒、撕裂、翻转、下陷，海水迅速倒灌，整个过程迅速而不可抵抗。山川、河流、森林，世间万物，被如同倾倒垃圾一般倒进无边幽暗的地底，抑或深渊。艾尔肯刚才所处的地方，以前就曾经是一座巍峨的大山，这里面，则是大山里的一个巨大溶洞。

然后，冰雪开始降临。漫天飞雪将大地覆盖得彻彻底底，天地间苍茫寂静，除了风吹雪花的簌簌声，就再无一丝一毫生命的气息。

不过，一切还未结束。

被长久冰封后，龙王们又将大地解封。太阳恢复昔日的温度，冰雪融化后汇聚成无数河流，河流奔腾入海。完成这一切之后，龙王们回到了海的第二层，再一次进入沉睡。大地在生命之水的浸润下，凭借着它本身的灵力，开始孕育出了一种又一种全新的生命。青草和树木重新回到地面上，花朵和果实充满香甜的气息。

又是一个万物衔新的世界。

作为生命的摇篮，海洋不断孕育出一种又一种全新的生命，它们不断演变，并逐渐形成自己的种类族群。一些鱼儿探头探脑地钻出水面，因为好奇，因为繁衍生息的本能，它们有些上岸去了。于是，大地更加生机蓬勃。

世界变得年轻。年轻的生命存在于各自的位置上。它们是平衡的，没有任何生物天生就高出一等拥有压倒性的力量，更没有一种生物能彻底地消灭或统治另外一种生物，人类也是所有的生物中的一种。

海灵是最特殊的生命体，它承载着龙王们赋予的特殊使命。最古老的海灵直接继承龙王们的血脉，它们由龙王的心脏、眼睛、鳞甲化生而成。在龙王们再次沉睡后，海灵肩负着维系海洋生命平衡的责任。凡是海灵力量的继承者，必然继承龙王的使命，运用灵力维系生命与生命力的平衡……

回过神来，艾尔肯发现自己依旧身处溶洞之中。大海灵白似水就在前面的不远处。萤光虫——其实叫头灯鱼（蓦的一下，他便"记忆"起这种几乎灭绝了的鱼儿的名字），继续不慌不忙地游荡在草花之间。

艾尔肯哪儿也没去。

但他又觉得自己哪儿都去过了。他能够觉察到，那些漫长岁月的痕迹正缓慢却不可逆转地沁入他身体每处角落。他莫名地生出自己已经长大了——甚至是老了——不，应该是老得不能再老了的感觉。他的身体内留存着各种深远古老的事物的朦胧记忆，记忆刚刚开始缓慢复苏。自己十一岁的生日分明还没到来——这个我是那么年轻，另一个我又是如此年迈！现在的我究竟是什么样的我？！他望向白似水，眼里满是迷惘。还好，大海灵看他的目光温柔里带着毋庸置疑的坚定，犹如冬日的一道暖阳。

他悠长地舒一口气。

过了许久,艾尔肯才喃喃地开口:"龙王……五行龙神的力量太强大了!"这句话并不是非说不可,但他实在不知该从何说起。

他只想以此确认,自己是真正真实地存在于此——我,仍然作为我而活着。

应该感受到他的疑虑了,白似水用平和却极其有力的话语,向艾尔肯解释说:"在海灵之力的唤醒过程中,会同时唤醒历代海灵继承者的重要记忆,至于能承载多少这种记忆,则视乎现任继承者的不同而又有所差别。"她停顿了一下,接着又说,"记忆会伴随海灵力量的激活而逐渐苏醒,现在可能还有些模糊,甚至会令你产生疑惑不适,就像海灵之力也需要锻炼一样,记忆的汪洋需要更长的时间来沉聚。"

"明白……"艾尔肯不知该说什么话。实话说,虽然能够觉察到自己的灵力已经唤醒,但一时间,他依然无法适应那个突然增加了巨量记忆和感受的"特殊的自己"。

片刻沉默后,白似水又问:"就目前来说,请告诉我,你已经'记起'多少了?"

"很多,非常之多!包括现在这个世界的诞生,也包括海灵的诞生。还有,我忘掉了许多在此之前自以为知道的事,又重新知道了更多在此之前我曾经忘掉的事。我明明知道我仍然是我,但我里面又多了很多个'我'。这是一种极其复杂的感觉,是以前的我从来没有过的。还有,我心里有一种非常巨大的担忧。"艾尔肯叹了口气,他懊恼地说,"可是,它现在就像一道暗影,一时间我根本无法看清。这到底是怎么回事?"

"渡渡,你有一颗勇者之心,你是如此聪慧,耐心等待记忆的最终觉醒,是目前最好的选项。"说话之间,白似水的眼神变得沉重,"但我现在要明确告诉你,你的担忧来自海魇魔!这也是所有海灵的担忧!我们现在所处的世界，与那个恐龙的时代看似完全不同，但是，如果不能遏止住海魇魔，如果平衡最终被打破，等到龙王再次苏醒时，恐怕，未来的结局依然不会好到哪里！"

艾尔肯明白，白似水所说的都是事实。尽管这些让他感到不适的记忆仍然朦胧依稀，但他已然知晓，海魇魔其实是由海灵魔化而成的！作为维系海洋生命平衡的海灵，一旦持续地魔化成海魇魔或被海魇魔吞噬，平衡一旦失去，龙王的力量会再次苏醒，到那时候，龙神还会再次逆转五行，让世界重置。也就是说，现今的世界会从此消失！

艾尔肯根本没有想到，自己居然要面对这个完全超乎想象的事实。如果可以选择的话，他已经不想要这份海灵之力了。

"要是爸爸在这里就好了，以他广博的知识，一定会想到解决办法的！"一想到父亲，他又立刻想到母亲。长久以来的被压抑着的思念，一下子爆发出来。

艾尔肯心里塞满牵挂。他实在不敢想象，身处末日恐怖中的父母会是何等彷徨与无助。

"我想念我爸爸，更想念我妈妈！我甚至想念邻居家的猫咪，每逢放学回家，它总在围墙顶上跟我打招呼。我害怕……"不知不觉间，他已经流下了眼泪。

白似水当然知道他担心些什么。她一边安慰一边用扇子一样漂亮的胸鳍，接住一滴他流下的眼泪，她说："那也只是未来的一个可能而已，我相信，我们还是可以阻止它发生的。至于作为人类的你的父母，我倒是有办法让你见到他们。"说完，她用眼泪化成一个银色的水泡。

透过泪水生成的水泡，艾尔肯见到一片绿油油的草原。

——草地上，妈妈捂住肚子，微笑着问躺在青草上的艾尔肯："你想要个弟弟还是妹妹？"

嗯，他打了个哈欠，想象着弟弟和妹妹的样子。他想弟弟可能会比小时候的自己还要淘气，说不定还会欺负自己的小艾尔肯。我想要个妹妹，他当时说。

"很快，你就要当哥哥了。"妈妈告诉他。

"会是妹妹吗？"他有些雀跃。

"不一定哦，就好像还没有生你之前，妈妈也不知道你是男孩还是女孩呢！"

"哦，我想有个漂亮可爱的妹妹，弟弟太调皮啦！"

妈妈伸手抚摸了一下他的面颊，说："艾尔肯，你是哥哥，不管是弟弟还是妹妹，你都要好好保护哦。"

这是他们上次出游时在草原上休息的场景。画面一转，变成了医院的产房外。门外站着焦急等候的爸爸。

"恭喜了，母女平安。"年轻的护士推开产房的大门道贺。

爸爸抱着妹妹站在妈妈旁边，弯下腰来对妈妈说："艾尔肯有妹妹了，他知道后，一定会很高兴的。"

"嗯，艾尔肯说过，他会保护妹妹的。"妈妈注视着妹妹，眼里溢满温柔的泪水。

下一刻，眼泪化成的水泡在妹妹的哭声中消弭于无形。

盯着水泡消失的地方，艾尔肯依依不舍。但他已经不再流泪。白似水与他并排，温柔的胸鳍再次抚过他的身体。每次被大海灵充满生命之力的灵力轻抚，他都能觉察到自己的内心茁壮了几分。

"海灵的力量已经那么强大，为什么还没有办法阻止海魔魔？"艾尔肯问。

"海魇魔其实是由海灵转变而成，这个事实你是知道的。以人类的时间计算，近几百年来，已经有不少海灵相继莫名其妙地变成了海魇魔，在海灵诞生至今的亿万年来，这是从来没有发生过的。这种变化是如此剧烈和匪夷所思，究竟是什么原因引起的？为什么会这样？像是一个深藏于漆黑深渊之下无法觅见答案的谜题，到目前为止，我们仍然无法找到与此相关的哪怕是一丝半点的缘由。这是一个非常可怕的事实。"白似水转过身来，面对着艾尔肯说，"但可以确认的是，与海灵的使命相反，海魇魔的存在只会扩大海洋的失衡，从而唤醒龙王，让世界重置。"

海灵之力在艾尔肯的体内流转，白似水所说的，都在他的记忆里一一得到印证。他觉察到自己已经不再那么惧怕，他的内心变得越来越坚定——这也是身为海灵所具有的特质。对于这些，他的内心也是明白的。然而，他还是有很多不明白的地方，他问："能不能告诉我，我……为什么会被选中？"

"这个问题我给不了答案。"白似水说，"现在的你应该知道，你是海灵中一个最独特的存在，以前没有，以后恐怕也不会再有。与其只认为你是被选中的，倒不如说，这是你与这份珍贵的海灵之力的共同选择。"

艾尔肯没有说话。他沉默着。

"先跟着红涔涔吧，她会帮助你重新熟悉海灵之力的运用的。要知道，只有具备强大的海灵之力，才能避免被海魇魔吞噬，从而找出海灵魔化的根源。"白似水郑重地说。

"嗯，明白的！"

妈妈说得没错，自己当然会保护好妹妹，这是男子汉的承诺。也当然不只是保护妹妹，艾尔肯的心里有一种强烈的信念：让海洋恢复平衡的状态，这是身为海灵的使命。

"去吧，你的海灵之力会指引你的。有不明白之处，尽管来找我好了。"

对于这个唯一拥有人类灵体的海灵，白似水选择了信任——他不只拥有人类一贯的聪明和勇敢，更怀揣着一颗赤诚善良的内心。只有人类强大的灵体才能融合所有瞳之海灵的瞳力——诚如大章鱼浠奇蓝所说，或者，真的只有透过他的人心之眼，才有可能找出海灵魔化的根本原因。

白似水目送着艾尔肯离开。

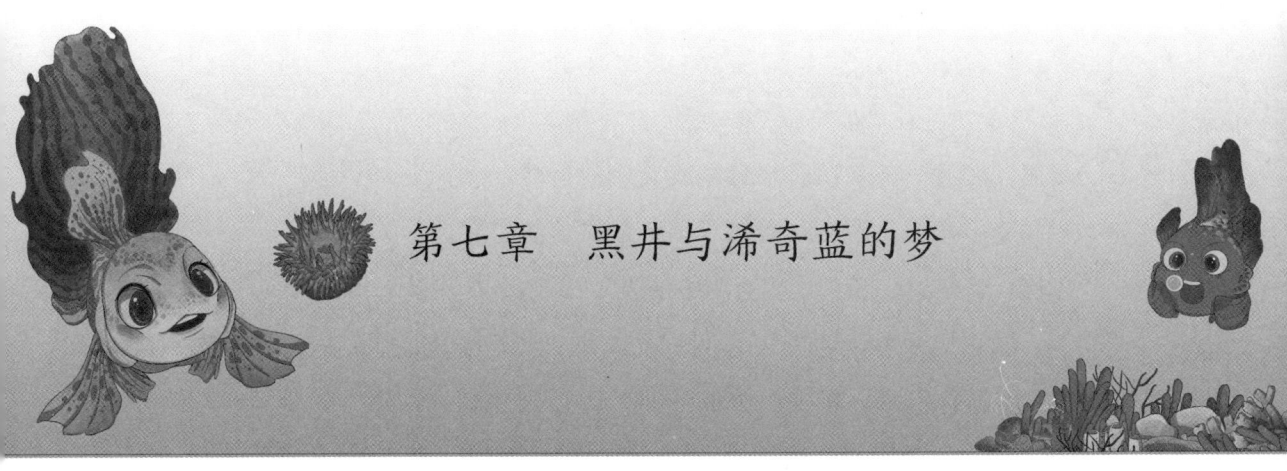

第七章　黑井与浠奇蓝的梦

1

由于之前进来时有红淼淼带引，离开珊瑚虫之家不久，粗心的艾尔肯这才发觉，他找不到回去的水路了。正在发愁之际，一条小鱼的形象在他脑海里一闪而现。

浠——那是它的名字，自然而然地，他随口叫出，像是多年的老友。

下一刻，一条晶莹剔透的细长鱼儿在他眼前冒了出来。那是白肌银鱼。甫一出现，它尖尖的小脑袋便摇晃不停，兴许是摇得太快，以至于在它身体的周围，出现了一些残影。随着它继续地晃动，残影也愈来愈多，仿佛眼前一花，几十条一模一样的白肌银鱼，便列队似的显现艾尔肯面前。

"渡渡，渡渡……"白肌银鱼齐声呼喊。它们透明滑溜的身体像是融入水里一般，唯有那双绿意盈盈的小眼睛时刻提醒艾尔肯——它们有别于水。

"噢，想起来了，你们就是我的《海洋说》！"望着这群既陌生又熟悉的小鱼儿，艾尔肯兴奋地说。

"渡渡，渡渡……"白肌银鱼绕着艾尔肯打转。

"叫我艾尔肯吧，不要叫渡渡了。"他想要纠正它们。

"渡渡、艾尔肯，渡渡、艾尔肯……"

算了，随它们爱怎么叫就怎么叫吧！艾尔肯尝试着向它们提问："我忘记来时的路了，你们可以带我出去吗？"

刚一问完，鱼儿们便飞快地排成一个胖嘟嘟的箭头队形，指向分岔溶洞的右边。箭头的形状与他以往见到过的交通标志颇为相似。结合那些一下子在脑海里冒出来的海灵记忆，艾尔肯立刻明白过来——原来，《海洋说》的表达形式是以他最容易理解的方式来呈现的。他感觉有点儿兴奋：比起红溇溇的大海葵和泅真绿的青蛙鱼，自己的这部《海洋说》不但活泼机敏能说会道，单是数量上，就已经甩开其他《海洋说》一大截了。

"那……我们走吧。"朝它们指引的方向，他率先游了过去。

穿过那段挂满蓝光石笋的溶洞后，他们潜进一个宽阔深潭，潭下有不少形状奇特的巨大石块。之前进来时，艾尔肯被红溇溇的水流拽着游得实在太快，他根本来不及看清，翳影幢幢的深潭底下到底有些什么东西。

深潭内的海水也实在怪异，不但清澈碧绿有如翠玉，还冰一般冷，与上层的普通海水之间，分明没有任何实质的分隔，却又泾渭分明得绝不相互渗透与融合。置身其中，艾尔肯倒也感觉不到任何不适。但同时也有一种说不出来的奇异感觉笼罩着他。

来到一块小山般的大石跟前，借着白肌银鱼发出的亮光，他从底部一路往上细细察看，到了大石顶端，一只三角龙的脑袋赫然出现眼前。

"恐龙，这里有恐龙！"艾尔肯禁不住大喊一声。原本在顶上充当照明器的白肌银鱼被他吓得连忙躲到他身后，雪亮的银光也变得明暗不定。

摇曳的光线下，艾尔肯在众多大石之间迂回探看。毫无疑问，石潭里确实藏着许多各不相同的恐龙。就这些表面覆着斑驳苔藓长着零星珊瑚的巨石而言，它们并没有博物馆里时常陈列的仅仅只剩化石骨头的形态，也没有那种通过人工塑造而来的逼真形象，除了那头三角恐龙的脑袋外，它们都显得非常抽象，几乎丧失了作为恐龙的具体形态。但绝对是恐龙无疑。霸王龙、翼龙、迅猛龙、剑龙、雷龙……甚至还有蛇颈龙，它们布满石潭底下，尽管无法显现原形，但在艾尔肯的一触之下，在表面冷硬的岩石内，他前所未有地敏锐感应到，有种微弱的生命力呼应着他的海灵之力。那是一种非常直观的感觉，闭目凝神之下，更如目之亲历——它们只是睡着了。艾尔肯努力地在脑海中搜索对这些恐龙的记忆，却是一片模糊。

"但愿它们别再醒来。"回想起之前见到的恐龙世界，艾尔肯心有余悸。

跟随白肌银鱼的指引，游出石潭的艾尔肯在一处仿若悬崖的岩石间的夹缝处，见到一群飞舞的蜻蜓。

"哎哟，蜻蜓，海水里居然有蜻蜓！"艾尔肯立刻凑上前去。他一直喜欢蜻蜓，在他所读的那所小学的后山，夏天一到，漫山遍野都是它们的身影。

"嘻嘻，真是好笑，蜻蜓怎么可以在水里生活？"一只"蜻蜓"落在艾尔肯的头顶，说，"你也太孤陋寡闻了，居然把我们绿鳍鱼当作蜻蜓！"

"你们……实在太像啦。"艾尔肯有点难为情，吐了个水泡后，他说，"这么说来，你也见到过真正的蜻蜓啦。"

"我们的祖先嘛，"头上的绿鳍鱼悠然地说，"本来就是蜻蜓。"

"很久很久以前，一只绿色的蜻蜓时常去河边和一条红色的鱼儿玩耍，"也不等艾尔肯接话，绿鳍鱼便自顾自地讲起故事来，"在那时，如果没遇到天敌的话，蜻蜓和鱼儿的寿命都可以活得很长。它们每天都在河面上相见，日子久了，它俩相爱了，于是，它们一起度过无数春秋。直至龙王苏醒。那一刻，天倾地覆的剧变中，不愿独自离开的蜻蜓和鱼儿一起被埋进深海之下。又不知过去多少个冬夏,在埋葬它们的那个地方,我们绿鳍鱼的祖先诞生了。而在这里居住的,便是最古老的绿鳍鱼一族——蜻蜓角。"

"多么……多么,浪漫的传说。"艾尔肯想说的本来是无稽,但话到嘴边,还是改了过来。

沿着岩壁一直下潜到底,石壁陡然变得光滑。一枚镶嵌在石壁上会发光的金色大圆石吸引了艾尔肯。

"哇——这宝石又大又亮,比新疆玛瑙还要漂亮呢!里面不会有灯泡吧?我爸爸对这些石头太感兴趣了,要是让他知道,他可以眼也不眨地看一整天,忘记吃饭是当然的。"艾尔肯一边对白肌银鱼说,一边在圆石上蹭着,那种光滑的触感让他喜欢得不行。蹭着蹭着,他发现大石头的位置好像缓缓地挪动了一下,正当他停下来仔细打量时,一只莹光隐泛的脑袋从石头里伸了出来。

石头脑袋伸出两根像蜗牛一样的长触角,一条在艾尔肯面前晃了晃,一条朝着小银鱼嗅了嗅。

"是渡渡呀?"石头脑袋说。

"噢,活的,还会说话,还认识渡渡!"艾尔肯感到惊奇,然后又马上更正地说,"我是说,你认识我?"

它从墙上滑落下来,将两根触须像听诊器那样搭在艾尔肯的脑袋上,过了一会,像做完诊断的医生那般,它说:"嗯,个头是长大了些,却反而傻了不少,连我洸闪闪都给忘记啦!"

"抱歉,有关渡渡……我的很多事情……我记得不大清楚,我现在有另一个名字,叫艾尔肯。"顿了一下,他强调说,"还有,我不傻,我只是年纪还小,我刚才只是以为,你是一块宝石!"

"我觉得渡渡比艾尔肯好听得多,我还是叫你渡渡吧!"洸闪闪把两根触须绞在一起,想了想后说,"任何一条活了三十多个春秋的鱼儿,决不会说自己还小的，更不会把一只高贵的黄金大宝螺误当成普通的石头。"

"等什么时候真正记起我了，你再来找我吧！"不等艾尔肯解释，它已经爬回光滑的石壁上贴着，像原先那样一动不动。

"再……再见！"不明所以地告别了洸闪闪，艾尔肯转身从石壁对面的洞口游了进去。洞内还是挺宽阔的，但除了岩石洞壁上分布着各色云母外，四下里显得平平无奇。

游进来没多久，艾尔肯就远远地看到一条头颅硕大的大鱼向这边游来——有了前几次"无知"的教训，这回他先问《海洋说》："它是谁？"

随着艾尔肯的提问，白肌银鱼们在他面前凝聚成了一个方阵。然后像是电脑显示打字一样，它们开始从左至右一行行地变换着姿势：有些鱼儿头朝上尾巴弯起，有些鱼儿蜷缩成一个半圆，有些则横卧着尾巴向上翘起，有些直挺挺的十足一个"1"字……看得出来，那是和大海葵一模一样的海蚪文，而且，他这次一眼就看得明明白白：门牙凉，狼鱼。

"你好，门牙凉。"艾尔肯照着那个名字和它打招呼。

"你好，渡渡。"名叫门牙凉的狼鱼咧了一下巨大的嘴巴，笑着回应艾尔肯。虽然狼鱼一脸的皱褶肌让它的笑容显得非常丑陋——甚至恐怖，但从它半眯的眼睛中，艾尔肯能感受到它确实没有半分的恶意。

打过招呼后，门牙凉转了个弯与他并排游着："不介意的话，一起遛遛？"

"不介意的。"艾尔肯简单回应了一句便没再说话。他可不想让这条有如沙场老将的大鱼认为，自己已经"忘记"它了。

门牙凉也真是一条沉闷的鱼儿，游了好久，它始终不发一言——不说也好，免得露出马脚，艾尔肯暗暗松了口气。

虽然他们游得优哉游哉，但借着洞里的水流一直顺游，速度却是不慢。不多时，周围的动物也渐渐多了。趁着一条金色的大鱼从他们身边游过，艾尔肯找到了话头："那是什么鱼？"

当然，他也不是随便问问的——这条鱼长得很像动物园里的大鳄鱼，同样拖着一条长长的尾巴，它的头壳则是圆滚滚的，微微张开的嘴巴里，并没有见到尖利的獠牙。此刻，它正用四只短小的脚蹼在水中划行。也是好奇心起了，艾尔肯才问门牙凉的。

"它是恐龙鱼，一种真正古老的鱼儿，是龙王沉睡前便存在的。"门牙凉毫不吝啬地向他解释，"而这条更是了不起——听说，它是龙王的忠实使徒。龙王沉睡时带走了大部分的使徒，它则是因为受了重伤而没能跟去，一直在这里休养着。"说到这里，它顿了顿，接着又补充说，"不过，一切都是听说的。"

"扯淡吧！"艾尔肯陡然拔高声音，"还跟随过龙王？"

"嘘！别太大声，它睡得太久，会随时醒来的。"门牙凉赶紧提醒他。

"它一边游一边睡？"艾尔肯小声问。

"没什么好奇怪的，有的鱼还可以一边睡一边说话呢。"说完，它居然打起了呼噜。

望着它，艾尔肯无言以对。

2

游出溶洞，回到珊瑚斜坡外面，艾尔肯赶紧问《海洋说》：黑井在哪里？白肌银鱼又用箭头指明了方向。

既然那么听话，想来，自己应该可以随意指挥它们去做些什么吧？于是他对其中最大的一条说："麻烦你去把红澎澎叫过来！"又对另一条不起眼的小鱼说，"你来教我魔法海言的吟唱吧！"接着又问其他的，"你们能变些新奇的东西陪我玩儿吗？"

集体抗议似的，白肌银鱼摆出一行海蚪——我们不负责为你偷懒。

望着这行海蚪，艾尔肯感到有些郁闷，让这么一群鱼儿跟着自己，除了显得威风些，好像没什么好玩儿的了。他怏怏地说："我可以自己去找红淼淼，但你们能不能不要这样跟着我？"

话音刚落，鱼儿们立即散开，并化作一股股银色的细小水流藏到艾尔肯的鱼鳞缝隙间。那条最大的白肌银鱼倒是没有消失，它从嘴里吐出一串泡泡排列成一组海蚪——只要你能自如地运用灵力，我们可以随你的想法自由出现。

嗯嗯！艾尔肯非常赞同："好吧，就由你跟着我一起去见红淼淼，让她也见识一下咱们《海洋说》的厉害！"

"我是不能一直存在的，"大白肌银鱼开口说，"会白白消耗你的灵力。"顿了顿，它又接着说："现在的你灵力很不稳定，得好好锻炼才行！"说完，它径直化成一条银色细流，溶入艾尔肯的鱼鳍之中。

艾尔肯开始意识到，自己非但没有找到一个耍酷的帮手，教训起自己来，它们倒像一位头头是道的老师。这是最让他头疼的。

但话又说回来，对于自己成为海灵的这件事情，总体来说，他颇感心满意足的。

循着白肌银鱼的指向，艾尔肯在那个称之为"黑井"的地方找到了红淼淼。

所谓的黑井，其实就是一个天然形成的海下洞井，它坐落在一片坦荡的海底平原之中，阔大而深沉。而此处最碍眼的，则是曾经的人类活动所留下的痕迹：沿着不规则圆形的洞井四周，断断续续的有一圈锈迹斑斑的金属构件——艾尔肯猜测，这是用来加固井口洞壁的——自幽暗洞井之下，几道扭曲变形的大金属管倾斜着探出洞口，虽然有洞壁的依靠，但这些大管还是一副摇摇欲坠的模样。洞井口周边的海底地上，散落着各种乱七八糟的金属垃圾，一并的锈迹斑斑。黑井的内壁和外面长着一些植物，长在洞井内的几近枯死，越是往外生机就越是明显。

植物的这种生长状态，显然与黑井脱不开干系。据一些海底居民说，这是由于黑井里藏着可怕的怪物所致。但谁都无法具体说清。这会儿，一条住在附近的黑猫鱼就跟红湃湃说："好久以前，我曾见过黑井里伸出长着吸盘的巨大的黑色触手。"

"你确定它不是大章鱼？"红湃湃问。

一尾小虾虎鱼抢着插嘴进来："从我曾祖父的曾祖父的爷爷起，我们家族就生活在黑井附近的水草丛中，在我还很小的时候，我母亲告诉过我，这口井里住着一条大海蛇。"

"就算是你那位曾曾曾祖父的爷爷，见到我都要叫一声老老老祖宗呢！"红湃湃没好气地说。小虾虎鱼的平均寿命不超过八周。

"真是有怪物的呀，和鲸鱼一样大，我还听到过它的叫声，我想，它一定是鲸鱼怪！"旁边游来的一只老海牛，它非常认真地说。

"海牛老爹，依你看，我身上有多少条暗色的斑纹？"一条五带豆娘鱼打趣地问它。

老海牛使劲睁着那双与它体形极不相称的小眼睛，盯看了好一会才说："我想……应该是七条？我认识一条石鲷鱼，它就有七条黑斑。"

得知这只老海牛的视力如此差劲，五带豆娘鱼的语气越发轻蔑："我想，你看到的鲸鱼怪应该也有七条斑纹。"

一众小动物哄笑着散开，留下来的艾尔肯只好安慰老海牛，说："别伤心，没准海里真的有鲸鱼怪呢。"

无奈地摇了摇头，红湃湃便没再理会它们。白似水给她的任务是加固黑井的洞壁，并防止井内的管子及周边的大型金属垃圾坍塌下去。

这项工作可不容易。为了固定那些垃圾不被暗流推落到井下，红淼淼要想方设法地使藤壶这种贝类生物附着其上，并与周围的岩石相互粘连。那得使用海灵之力。驱使藤壶并不困难，红淼淼在大海葵的帮忙下，一下子就唤来成群结队的藤壶，很快，井口边沿那些松动的大型垃圾就给固定下来，但要让它们沿着那条变形的管子，一直去到下面那些弯曲得几乎折断的地方进行黏结，那就困难多了——黑井深处不仅常年难见天日，偶尔还有阵阵怪异酸腐的气味冒出，如此一来，藤壶就更不愿意去到黑井之下。除了运用灵力驱使，红淼淼还动用美食来诱惑——颇费周章地，她在管子快将折断的弯曲处附上些浮游藻类。也只有这样，它们才肯乖乖地黏结在那些部位上。

黑井的洞壁并不是全部由岩石构成，红淼淼还要在那些疏松的泥土中催生海萝、海草等植物，以防止壁面坍塌。当然，想在光线昏暗的井壁上催生植物，可没那么容易——必须懂得灵力的微妙运用，还需要长期的坚持。现在，红淼淼来到一大块几近枯萎的海萝前，随着她的吟唱，大海葵里钻出一条水一样的翠色小鱼儿，它在枯萎的海萝周边转了一圈，然后就钻入丛中，倏忽间消失不见，片刻的静默后，整片海萝突然抖动起来，干枯的叶子随即脱落，新的嫩芽在脱落之处不断抽出，待到新生的嫩叶完全舒展成叶片，海萝的催生才算初步完成。

催生完这么一块海萝，红淼淼也有些气喘吁吁了——这种强度的灵力使用，现在的她显然也难以为继。

艾尔肯带着他的白肌银鱼来到井下时，红淼淼又开始催生别处的海萝。也因如此，当他在一旁大肆吹嘘，他的《海洋说》是如何活泼多么厉害时，红淼淼却一点都不为所动。她一贯坚持先做好自己该做之事。艾尔肯当然有些失望，但见到她如此认真，他也有些跃跃欲试了。

3

"红湆湆,我也想帮忙,能教我一下吗?"

"可以的,但不是现在。"红湆湆有些为难,"完成灵长交代的任务,我得抓紧时间!"见到艾尔肯一直腆着脸跟在身后,不依不饶的,红湆湆只好又说,"好吧,但你必须认真点儿,不然,我可没时间浪费在你身上!"

"那当然,我上课时从来不开小差,哪怕同桌的铁木尔在偷玩我的变形金刚!"艾尔肯的嘴上这么说着,心里却在嘀咕:红湆湆就这点不好,老爱摆出一副小老师的架子。

红湆湆则颇感满意地点点头。她早已习惯不去考究艾尔肯口中什么变形金刚啦看电影啦烤羊肉串啦,诸如此类的怪异词汇。她先是示范性地吟唱一遍刚才的海言,然后向艾尔肯解释:"从你吟唱这句海言开始,你就必须进行连续的想象,首先……"

她话刚开始,艾尔肯身边的白肌银鱼便飞舞起来,它们一边在他面前排列出那句简短的海言,一边开口说:"首先你要想象鱼儿在水中欢快地游,接着再想象鱼儿变成和暖的阳光,阳光渗进海萝的枝干,滋养着它的根须,新的身体从根茎探出来时,还要像睡醒了那样伸伸懒腰。"

"谁要你来多事,真是物似主子形!"被艾尔肯的《海洋说》打断,红湆湆自然不高兴,但她还是不忘补充,"记住了,第一次吟唱海言可以慢一点,要把想象的注意力放在根须上,让它们往泥土深处扎根才是目的所在!"说完,瞪了眼白肌银鱼,她又开始对着其他海萝催生去了。

不得不承认,虽然说不出谁的《海洋说》更厉害,但光是白肌银鱼们活泼率性的行为,艾尔肯就觉得要比沉默无言的大海葵有趣得多。如此一来,他小小的虚荣心倒是得到不小的满足。但他还是觉得自己得收敛一下,毕竟红湆湆正在帮助自己练习海言。

"我来试试！"照着《海洋说》的提示，艾尔肯开始吟唱海言。

红渀渀表面虽然生气，但也没往心里去，她暗中注意着艾尔肯的一举一动。果然，她很快便看到不错的成效。

"做得好！瞧，它正在吸收和凝聚灵力。"红渀渀提醒艾尔肯。

随着他的吟唱，艾尔肯召唤出的绿色水灵鱼正在一点点地长大。他有点儿激动，便有些迫不及待地唱完海言的后半部分。显然是他来不及充分想象之后的一些细节，以至于这条个头不小的水灵鱼只一味呆呆望着面前的海萝出神，完全不知道下一步该去往哪儿。

"快钻到这片海萝的枝干里面。"艾尔肯大声对它说。

水灵鱼似乎能听懂他的话，但它滴溜溜地转了转眼珠子，一扭头沿着弯曲的管子朝井下窜去。

"别跑，给我停下！"艾尔肯急了，叫喊着追了下去。可那条水灵鱼实在过于灵巧，任凭他怎么着也无法抓到。

"哼，慢慢抓去好了，"红渀渀没好气地半笑着说，"谁叫你学得不规不矩！"

艾尔肯根本没空搭理，他被那条水灵鱼耍得团团转——它忽而往左忽而往右，忽而上游忽而下窜，忽而又绕着中间的大管子打转，恰似跟他玩儿捉迷藏一般。艾尔肯则必须避免撞到这些锈迹斑斑的大钢管，若放任其轰然倒塌，除了让红渀渀功亏一篑外，也不知道会引发什么样的严重后果。

"那个笨蛋渡渡在干什么？"刚刚游过来的鲁冰渣好奇地问红渀渀。

"召唤失败啦，正在抓那条用他灵力唤出来的水灵鱼。"红渀渀无奈地说。她还有工作没完成，更懒得陪艾尔肯瞎闹腾。

追着追着，绿色水灵鱼已经潜到黑井深处。艾尔肯当然紧跟其后。或者是井下实在太黑，水灵鱼突然愣在原地一动不动。以为机会到来，艾尔肯正想扑过去将它擒住，但他却没能注意到，一只从漆黑的井下冒上来的黑色泡泡已经飘到水灵鱼的身下。

眼尖的鲁冰渣刚好看到:"危险,快上来!"他连忙大声地提醒艾尔肯。

艾尔肯呆了呆,还没等他反应过来,黑泡已经裹住水灵鱼了——几乎连挣扎都没有,它的灵力立刻被黑泡吞噬了!艾尔肯吓得赶紧转身向上猛游。但黑泡已经不似刚才那般一飘一忽的,像是长了眼睛,它紧追艾尔肯身后。

红淼淼也慌了,她连忙召唤水流想要下去接应艾尔肯。但鲁冰渣反应更快,抢在红淼淼的前面,它打着旋儿急速地朝艾尔肯飞游而去。看到远在上方为救自己而奋不顾身的鲁冰渣,艾尔肯感到震惊——虽然他一直都不喜欢这条狮子鱼,但不得不承认,它拥有了真正男子汉的风范!

黑泡在身后越追越紧,咕噜噜的怪叫声在幽深的井下回荡,像有什么恐怖怪物快要一拥而出。艾尔肯不自觉地回了一下头——扭着异常古怪的形态,黑泡也已经掩至身下。恰恰这时,一条游慢了些的白肌银鱼被黑泡裹住吞食了!随即,黑泡扭曲得愈是剧烈,如同鼓胀的黑色袋子拉开一道特大号拉链,一只犬牙交错的大嘴巴张咧开来!

"我要……我要更多……灵力!"黑大嘴叫嚣着,猛然扑向艾尔肯。

"真是海魇魔!"

鲁冰渣和红淼淼同声大喊。急中生智,鲁冰渣用它旋转的手鳍结合红淼淼唤出的水流,扇出了几股暗流击向黑大嘴。可惜暗流所含的力量实在过于单薄,根本奈何不了对方。

看到白肌银鱼被吞噬,艾尔肯气恨交加,他慌忙驱使其他的白肌银鱼将自己团团围住。黑大嘴的嘶吼令人毛骨悚然,一挨近艾尔肯,它便张口大咬。借着铁管的阻拦,险而又险,艾尔肯每次都堪堪避开,不幸的是,又有好几条白肌银鱼被黑嘴吞吃了!紧接着,海魇魔的外形又生出了变化:它原先只是一团扭曲肿胀的黑泡，现在却像一簇密密麻麻缠绕扭结的黑色海蛇，在那只满是尖锐獠牙的大嘴巴的衬托下，愈发触目惊心。

再次吞噬了几条带着艾尔肯灵力的白肌银鱼后，海魇魔忽然顿了顿，随即，它怒吼而出："人类，可恶的人类！"它以更加疯狂的姿态扑向艾尔肯。

艾尔肯使尽气力左闪右躲，但不知为何，他身边的海水竟然莫名其妙地胶着起来，致使他每一次划动都异常费劲，哪怕只是游出一段短短的距离，对他来说都是漫漫长途。又一次，如影随形的海魇魔向他张开獠牙巨嘴。

危急之下，一些记忆突然闪出艾尔肯脑海，自然而然的，那条藏在他胸鳍下的大白肌银鱼跳了出来，它化成翠绿色的液体罩住艾尔肯。绿光所照之处，周围的海水顷刻形成了一道湍急的水流，拽着他直冲井口。

就在艾尔肯快要和红淼淼相遇之时，海魇魔的声音又在他耳边响起："可恶，可恶的人类，我要吃掉你……"原来，它已经顺着艾尔肯召唤的水流来到他身边。

艾尔肯彻底逃不掉了。他的尾巴被那团黑蛇紧紧拽住，任凭他如何使劲，终是挣脱不得。

"救、救……"艾尔肯大声呼喊，但黑蛇又钻进他的嘴巴，爬上他的脊背，缠住他的身子。艾尔肯只感到自己直往下坠，眼前突然青光一闪，而后他什么都看不见了。

"渡渡……"在意识的尽头，艾尔肯听到有谁在远远地呼唤他。

是红淼淼吗？他无法确定。

眼前彻底漆黑。

4

"渡渡，我曾经梦到一些不好的事情，非常不好！"说话声从漆黑中传来，艾尔肯听得清清楚楚。

这是一句来自十年前的话语。但声音的质感异常鲜活，如同说话者正亲口在他耳边诉说一般。艾尔肯心底里蓦然明白——作为渡渡留下的一些记忆，正以匪夷所思的形式在自己脑海重现：

在一个银白月光倾洒的夜晚，一只脑袋超过半米的蓝色章鱼正缓缓爬上一处海上沙洲——准确地说，它是游上去的。由于当晚的潮水涨得很高，尽管沙洲面积不小，却依然被海水彻底漫过，还能勉强崭露头角于海面的，只有三四丛高大红树的树顶。

"梦而已，应该没什么好可怕的，对于您来说。"一条地图鱼在红树间欢快地穿来插去。这是他第一次踏上真正的"陆地"——尽管已被淹在海水之下。

"或许正如你所说。不过，这可不是一般的梦。"蓝色章鱼显出少有的严肃神色。他向那条名为渡渡的地图鱼伸出一根触手，"看过后，你就不会那样说了。"

玩闹嬉戏的神色马上从渡渡的脸上消失，身为小海灵，他已经察觉到蓝章鱼身上出现的异样情绪。它赶紧游过去。

月色宛如淡淡的白雾，弥漫于平静海面。点在渡渡脑壳上的蓝色触手发散出幽幽蓝光。蓝光明暗飘忽，混着淡白月华如水般涌进渡渡的脑海。于是，艾尔肯也一同看到了那只名叫浠奇蓝的大章鱼的梦境。

"呃，这天气真够冷的！"身处半空之中，渡渡感慨了一句，他身体四

周，到处都有微细的冰晶在飘浮。但他们不会有真正的冷感。这只是浠奇蓝的梦境而已，艾尔肯心里也是清楚的。

"该不会是到了南极吧？因纽特人是住在南极还是北极？哎呀！我竟然给忘记了。"一旁看着的艾尔肯开口说。但他注定只能自言自语了——处于记忆的影像当中，渡渡是不会做出回答的。

看到渡渡和浠奇蓝往下游去，艾尔肯也跟着跑上前——在这个记忆中的梦的世界里，他倒是恢复了久违了的作为人类时的模样。

破开了覆盖在脚下的厚厚的冰层，他们来到了海面上。但依然没能见到海水。他的脚下只有保持着惊涛之势的巨型冰浪。头顶上，暗蓝的冰云正不断撒落雪花，很多雪花在飘落时聚成一蓬蓬的。艾尔肯观察着身处梦境中的蓝色章鱼——它用长长的触手舞动漫天的飞雪；它拨开云层享受阳光；它摘下星辰点缀大地……它显得怡然自乐。

梦里的世界虽然神奇，但好像也没什么异样，也不是噩梦呀？艾尔肯心里想。

——直到一个身影在远处闪过。

也是此时，神色一阵愕然后，浠奇蓝安静下来，不再胡乱忙活——很显然，他在梦中醒了过来。但原来的梦中景象并没有随着他的苏醒而消失不见。他依然身处梦中之境。

"刚才，我看到的究竟是什么？"浠奇蓝看似自言自语，却像是在提示着谁。它继续说："既然我在梦中恢复了意识，既然我目之所及并未消失，那么，这就不可能是个普通的梦。"

"它是谁？"看到一闪而过的身影时，渡渡也好奇地问。浠奇蓝当然没有回应。这是浠奇蓝自己的梦，渡渡也好艾尔肯也好，当下的他俩只是旁观者而已。

"那是一条漆黑的巨龙！"艾尔肯大喊出声，虽然只是短短的一瞬，但他却已经看得一清二楚。对于巨龙的身影，他莫名其妙地生出熟悉的感觉——难道，我在哪里见过？

循着黑龙消失的方向，浠奇蓝追了过去。由于是在自己的梦里，他蓝色的触手仿佛能延伸到任何遥远的角落，几下的伸缩之间，他们便来到一座人类城市的半空之中。这应该是一座沿海而建的大都市，然而，整座都市俨然与身后的冰海无异，那些高耸入云、曾经雄视四方的摩天建筑，此刻亦已成为一座座陡峭的冰峰。浠奇蓝又将触手伸到万米以外一座直插苍穹的塔形建筑的尖顶上，只轻轻一拉，便来到城市中心了。他们在此俯瞰。

尽管整座都市都覆盖着厚厚的冰雪，但有一点依然显而易见——这里的每一座建筑似乎都特别巨大和高耸，其形式之新颖气象之恢宏，是艾尔肯从没见过的。他为此惊叹不已。

"为什么，究竟为了什么！"浠奇蓝口中喃喃道。望向他时，艾尔肯发现，浠奇蓝那双漆黑的瞳仁正渐渐变成碧绿。而随着这双眼瞳的变化，底下那些被皑皑白雪覆盖的城市路面，正一点点变得透明起来。

顺着他的视线望去，艾尔肯不禁屏住了呼吸。冰雪覆盖的并不是城市的道路，而是几十米厚的冰层，在冰层之下，还有一百多米深的海水——也就是说，在冰封之前，这座都市早已浸泡在海水之中！透过朦胧的海水，艾尔肯除了见到那些宏伟建筑往下延伸的底层部分外，他见不到任何形式的公路或街道，见不到广场，见不到公园，见不到任何低矮的建筑，当然，更见不到人的踪迹。隐约地可以看到一些陌生的类似交通工具的东西被冻结在冰层中间，但由于冰内还夹杂着各种乱七八糟的物件，一时之间，艾尔肯实在无法具体分辨。

正当艾尔肯纳闷不解时，寻找黑龙的浠奇蓝又带着他们来到一片广袤的大地上。艾尔肯敏锐地觉察到，这是他曾经熟悉的地域。然而，目之所及却都变得陌生起来：戈壁滩上的砾石与黄土已然消失，但他并未因此而生出些许的庆幸——荒漠已被更加了无生机的"雪漠"替代,唯剩那些亘古不变的巨大岩石,突兀地挺立在茫茫苍白之中;红土丘则像盖了十数层棉被般,如若不是根部偶露出一抹抹伤疤般的赤红,根本无从辨别。一路走来,浠奇蓝早已愁眉深锁。艾尔肯也是忐忑难安。

浠奇蓝将触手通通地伸向空中——他开始发动海灵的力量,感受了一会后,便直接朝着云端飞去。跟在浠奇蓝身后,下一刻,艾尔肯和渡渡凭空出现在一栋民宅之内。

那是艾尔肯自己的家,根本用不着看第二眼,他便认出来了。也明知只是浠奇蓝的梦境,但他还是不自觉地四下找寻。发现家里空无一人时,他不禁有些失望。浠奇蓝在客厅里找到了一个相框——那是他与爸妈在前年的肉孜节上拍摄的合影,艾尔肯的脸上还画着学做素饺子时用白面涂鸦出来的乌龟。

浠奇蓝指着照片上的艾尔肯说:"就是他了。"

"是什么?"渡渡自言自语地应了一句。

浠奇蓝没有开口说话。他久久地凝视着相片。当他将意识投入到照片里时,艾尔肯和渡渡也随即被吸了进去。

转眼间,他们又来到另一片海里,但浠奇蓝的身影却已不知所终。这儿的海面虽然还没结冰,但应该也难逃被冰封的厄运——头顶上,那条黑色的巨龙正驱赶着漫天霜雪从远方飞来。渡渡十分清楚,那是黑龙在施展它的水行之力。

"水之黑龙,为何要冰封世界!"浠奇蓝的声音从空中滚滚而来。

黑龙并没有理会。但它却朝着站在海面上的艾尔肯看了一眼。这可能只是无意的一瞥,却有一种难以言语的感觉穿过浠奇蓝的梦,跨过渡渡的回忆,直接渗进艾尔肯心底。

5

"怎么会这样?"离开了浠奇蓝的梦境,艾尔肯又回到了沙洲上,渡渡在喃喃自语,"怎么会这样?"

"或许,海魔魔的力量最终超过海灵了!"浠奇蓝叹息着道,"我的梦也不一定就是未来。"

"但以往的梦都成真了!"渡渡显得非常担忧。

"以往的总归是以往的,以后却还有以后。"浠奇蓝突然笑眯眯地看着渡渡,说,"就在今晚,我会把我全部的灵力都传给你。以后,你就是真正的瞳之海灵了。"

事出突然,渡渡有些不知所措:"能不能再推迟一点?我还是觉得,我还没准备好啊!"

"可是,我已经准备好了!"不等渡渡开口,浠奇蓝又接着说,"再则,当年我救下被河水冲入大海的你时,你不也一样毫无准备?"

经他这么一说,渡渡第一次遇见浠奇蓝时的记忆,立刻呈现在艾尔肯的脑际。

在一片河海交界的水域,夏季湍急的河水将一条幼小的地图鱼冲到海里。他就是后来的渡渡。那时的他脑子浑浑噩噩,为了不被咸死在海里,他拼命不停地往回游。海浪拍打得他头晕目眩,就连身上的鳞片也不知被打落多少,但他毫不放弃,一直挣扎至气力丧失殆尽。便是此时,他遇到一只散发着蓝光的蓝色大章鱼。

"我看到了不属于海族动物的东西,是你掉下的吧?"带着他掉落的鳞片,蓝章鱼游过来说,"好闪亮的鱼鳞呀,一路跟着它们,就找到你了。"

不知道何故,被蓝章鱼身上的光芒笼罩后,原本用尽的气力回来了,身体变得比以往任何时候都轻盈自如。他围住大章鱼打转，又是开心，又是感激。

"咱们聊一会吧！你知道吗，就在刚才，我经历了一场既闹心又费气力的争斗。呵呵，不瞒你说，在那样的争斗当中，我居然想到了海蛞蝓，还有牡蛎和虾蟹，我当时想呀，我已经多久没有吃过东西了？我回想这些食物的味道，但想来想去，却一点儿都想不起来。不过，这可不代表我真的想吃点儿什么，呵呵，别用那种眼神看我，我不会吃你的。总是在不该分心的时候心不在焉，那可是我的老毛病啦，呵呵……"蓝色章鱼自顾自地大笑不止。但笑着笑着，一个极其古怪的表情让蓝色章鱼止住了笑声。深深凝望眼前这尾小鱼儿，他又说："或者这就是缘分？就是在这一刻，我的小海灵之种成熟了，你走大运喽，呵呵……或者，是我走运也说不定，谁又说得准呢，反正，咱们海灵选择继承者，千万别学西金海的，得顺心顺意才是最好，是这道理吧？"说着说着，蓝章鱼变得一脸庄严，眼神熠熠，"好吧，孩子，咱们不说那些了。你的眼睛既清澈又深邃，缘分也好，巧合也罢，正当我应该离开时，大海和大河联合起来，让你我在此相遇，我相信，你将来一定可以成为一位了不起的海灵！"

"海灵是什么？"他听得云里雾里。他觉得这只蓝章鱼委实有趣，就是自说自话叨叨个不停这习惯得改改。

"你以后会明白的。你现在需要一个名字——你是从河里渡过来的，就叫渡渡好了。"脱落的鳞片又重新回到渡渡的身上，作为地图鱼的标志，他身上的橙红色鱼鳞散发出从未有过的光彩。

从那以后，渡渡便拥有了海灵之力。作为淡水鱼，它也因此成为独一无二的海灵继承者。

"渡渡，记得刚才看到的那张照片吧？"浠奇蓝问。

"当然记得！"渡渡有些疑惑，灵长今天干吗总说些让他不明不白的话。但话又说回来，这只章鱼脑袋不也一直让他难以捉摸？

"他虽然是个人类，但他的眼睛里，也有着与你一样的明净光芒。"

"你的意思是，就是他，他可以做到！"渡渡立即明白过来，随即又觉得不对，"怎么可能？他不但生长在荒漠中的城市，他很可能连海洋都没见过，他对海洋生物的了解更可能完全陌生！"

渡渡居然质疑灵长的话，这在以往来说，是绝不可能的，只不过，今天的他确实碰到太多不同寻常的事情了。也难怪渡渡会如此激动，要不是艾尔肯已经成为海灵，他也会以为这是一只疯狂的章鱼。

"在遇到我之前，你不也只是一条从没听说过海灵的普通淡水鱼？"浠奇蓝俏皮地朝渡渡眨了眨眼，只是，在一旁的艾尔肯实在无法知道，那张没有鼻子的章鱼脸究竟可爱在哪里。

浠奇蓝接着说："能否让一个人类成为海灵，决定因素不在表象。"

"灵长说的是。"冷静下来，渡渡认真地说，他同时感受到了一种来自使命的压力，"那么，我应该怎么做？"

"现在的他才刚刚出生。十年后，你将通过我给你的海灵之力，把他带到海里来，由你与他共同真正地承继这份力量。"浠奇蓝一边说着一边唤出白肌银鱼《海洋说》。它开始将自己的灵力透过《海洋说》融入渡渡的身体里。

"你要知道，他是个人类，人类都有非常强大的自我意识，有可能会因此而让以后的事情变得复杂。"在一片幽蓝夺目的灵光中，浠奇蓝沉静地说，"但你要谨记，信任才是你们完全融合的根基！"

这是浠奇蓝离开前最后一句话。随着蓝光的暗淡，海灵浠奇蓝的身体由实变虚，最终只剩零星的光点凝聚成一只章鱼的模样。

"信任，才是完全融合的根基。"

喃喃重复浠奇蓝最后说的话，渡渡心里惆怅弥漫："放心吧，我会让他成为真正的海灵！我尊敬的灵长，永别了！"他伸长胸鳍轻轻触碰一下，光点随即消散于水中。

"为什么要让一个人类成为大海之灵，为什么，那个人是我？"艾尔肯问渡渡。渡渡依然定定地望着浠奇蓝消失的所在。那处空荡荡的，了无所有。

没有任何的回答。慢慢地，渡渡也遁入了黑暗的深处。

艾尔肯知道，这样的答案只能由自己去寻找——渡渡已经将身体交给自己，浠奇蓝完全奉献了灵力。

毋庸置疑，现在的我已经是海灵了。

6

"渡渡，渡渡……他醒过来了！"

那是红泞泞的声音。睁开眼睛，艾尔肯的目光先在红泞泞欣喜的脸上歇了歇，然后再落到她身后姹紫嫣红的珊瑚林上。他重新闭上眼睛。他知道，自己已经身处白似水的珊瑚虫之家，此刻正躺在一块松软舒适的海草床上。有那么片刻，他以为自己睡过头了，醒来前还做了个长长的梦。那梦境犹在记忆之中徘徊不去。为了确认醒过来的事实，他再次睁开眼睛。

"你觉得怎样啦？"红泞泞一脸焦急与关切，"还有哪里不舒服？"

"我……好像……"艾尔肯一边开口一边尝试摆动尾巴——身体倒也活动自如，但却有股难言的气味从他胃里翻涌而出，恶心得他一直干呕，"我……我这是怎么了？"

"你吸入太多黑水了，现在还没有完全排干净，这阵子得多吐些泡泡才行。"红淼淼说。

艾尔肯于是鼓起嘴,一连吐了几个沾满油花的泡泡后,恶心的感觉果然消去一些。他说:"我不是被海魇魔抓住了吗?还有那些黑海蛇,它们钻到我嘴巴里面啦!"

"哪里有什么海蛇!那个海魇魔原本是一只蝙蝠鱼,他用黑水裹在身上变化出条状的物体,想以此来遮掩自己和抑制你的灵力,幸好灵长及时赶到,才将你救下的。"

白似水游过来,伸出胸鳍翻看他的鳃又瞧了瞧他的眼睛:"放心好了,你已经唤醒海灵之力,很快会恢复过来的。"

艾尔肯被白似水弄得怪不好意思的,退开一些,他心有余悸地说:"那团黑漆漆的怪物实在恶心,张牙舞爪的,哪里看都不像是一只蝙蝠鱼,就差那么一点,我就要被吃掉!噢,不得了啦,它确实吃掉我不少白肌银鱼了!"说到后面,艾尔肯脸上的惊惧转为气愤。他开始担心自己的《海洋说》,也不知道被那恶心黑怪吞掉几条后,会不会因此而缺页?

"还不是你自找的,"红淼淼白了他一眼,"开那么大的激流通道干吗?连带着把海魇魔也拉进去了!"

"放心吧,《海洋说》是由你的海灵之力与海灵记忆转换而成,只要你没事,《海洋说》就不会有任何实质的损害。"说到这里,白似水叹了口气,"可悲的是,作为一位优秀的海灵,他却平白无故地魔化成海魇魔了!"

回想起当时的情景,艾尔肯心里一动,说,"那个……那个海魇魔,之所以这么渴望得到更多灵力,我有一种感觉,他是不是被什么东西,侵蚀心智了?"

"你说得没错。"白似水的眼里有些光芒闪了一下,她说,"才刚唤醒海灵之力,你的感应力已经很敏锐了。到底,是什么样的东西占据着海魇魔的内心？他们为什么如此渴望得到更多海灵之力？除了获得力量，会不会还有其他什么目的？包括海灵的魔化在内，这一切的起因究竟源于什么？包括我在内，所有海灵都在思考这些问题，但却一直徒有问题空有思考，没有答案。"说到这里，白似水脸色变得异常凝重。缓了好一会，她又接着说："渡渡，袭击你的那位海魇魔，他叫烟囱浴，原本是西金海的海灵之一，负责平衡西金海的一片与我们东木海接壤的海域，与海灵泗真绿曾经是要好的朋友，自从魔化后，他便一直销声匿迹。也是我的大意，居然没有察觉到他藏匿在黑井之下！"

烟囱浴？海灵的名字真是一个比一个古怪，难道说，他与圣诞老人一般，也爬过大烟囱不成？还好我叫渡渡，听起来也蛮正常的。哪怕在这样的情况下，艾尔肯居然还这般想入非非的，从这一点看，他与浠奇蓝倒有几分相似。

"大海灵，我想请教一个问题，"艾尔肯郑重地问，"黑井，究竟是怎么回事？从现场来看，它与人类肯定有直接关系吧？"

红淤淤接口说："是呀，我也只是知道——绝不能让地底下的黑水泄漏出来，仅此而已。"

沉默了良久，白似水才说："是的，的确与人类直接相关！可以这么说，是人类曾经的活动，让黑井变成这片海域——乃至整片东木海的隐患。"话到这里时，白似水略作停顿，目光扫过红淤淤后落在艾尔肯身上，"在许久之前，曾经有人类在那片海上搭了个巨大的架子，据我所知，他们管这叫'深海油井'。开始时我也没怎么在意，除了占用点儿地方外，也不见得有什么大碍，你们也知道，在辽阔的海洋里，这么一丁点儿地方真的算不上什么。一天，一股龙卷风突如其来，把油井露出水面的大架子摧毁了，一些来不及逃跑的人类也因此葬身海底，由于造成黑水的大量涌出，那些日子里，这片海域也有不少海族无辜失去生命。龙卷风过后，人类随意封堵了一下黑井下的孔洞,之后便暂时撤离了。"

艾尔肯说:"这个我知道,他们是在开采石油,对于人类来说,那可是一种非常有价值的东西。"顿了顿,他又神色沮丧地补充,"开采石油原来那么危险,这就是他们离开的原因?"

"应该有这方面的原因,但我觉得,事情远远没有那么简单。"摇了摇头,白似水回忆着说,"对于人类的想法和他们的事情,我了解得不深,细致原因难以说清,但我知道,事件之后不久,便从不同的方向开来几拨大船,他们相互指责各不相让,一副真要开打的架势。那些在海里生活得足够长久的鱼儿都知道,人类的这些大船一旦开打,除了会让他们自身伤亡惨重外,连带海洋里的生物,免不了也要跟着遭殃。大大地遭殃。况且,这里离礁后坡非常近,那是众多海族繁衍生息的好地方,我当然不能放任他们随意破坏。为了迫使他们各自退回,无奈之下,我只得发动海灵之力,在这片海面上掀起巨大而持久的海浪。由于任何一方都难以靠近并停留在这片海域,又或者是其他什么原因,总之,日子久了,争夺的双方便再也没有回来。而留给这片海洋和海族动物的,便是这么个难以收拾的隐患。"

艾尔肯和红淼淼都安静地听着。难得的是,艾尔肯居然没有打岔。

停下来看了眼艾尔肯,白似水露出了一个让他难以看懂的微笑。收敛笑容,她再次轻叹一声说:"肯定是当初就没有封堵妥当的原因,近段时间以来,洞井下的黑水又开始泄漏了。"

"烟囱浴干吗非要躲到黑井下面?难不成它会未卜先知,一早就知道我们会到那里去?"艾尔肯一边想一边低声嘀咕,他突然大声问红淼淼,"对了,你们干吗不抓住他?"

"都是为了救你,才给他逃了的。"红淼淼不满地说。

"那可怎么办?"艾尔肯有些不安。

"所以呀,你得老老实实,将海言练习熟练才行,要不然,谁能保护你一辈子！"一旦逮住机会教训艾尔肯，红澎澎绝不放过。

"就你这个丫头片子？"艾尔肯不服气地说，"以后，还不知谁保护谁呢！"

用眼神止住了正要开口的红澎澎，白似水说："现下，烟囱浴已经再次屏蔽他自身的力量，躲到我灵力无法探寻的地方，为了尽快找他出来，我会找氾真绿帮忙的。在此之前，你们都不能再去黑井了。"

之后的一段日子，红澎澎自然是回自己的家里苦练海言。至于艾尔肯，他则一直待在白似水的溶洞之中。确实，在海魇魔还潜伏在暗处，在他还不能自如地运用灵力之前，待在白似水灵力的感应范围之内，是最好不过的。

第八章　海之戏法

1

ζเ૬ く ﾉ ïî
∫ ʋ ≈ ι 、ζこ
ζﾚ ? ξí
……

"你唱的歌可真古怪。"

这天，艾尔肯在反复练习一种能凝聚出更高密度灵力的海言吟唱时，不知哪里传来一个声音。

沉浸于若有所得的体会当中，艾尔肯不自觉地随口回应："我在吟唱海言，不是唱歌。"回过神来，他在巨藻走廊里找到了声音的来源。

"看来，你很有必要向我请教，如何才能真正唱好一首歌。"藻丛中，一条小鱼忽左忽右地探了出来。它全身赤红，游起来仿若一团摇曳不定的火苗。也不等艾尔肯开口，它便自顾自地"教"起他来："首先，你得学会如何利用肚子而不是嘴巴发声，当然了，你不能让气声从肚子里漏到另一头去，否则就会变成放屁……"

"不不不，我真的不想放屁，你还是去教其他鱼儿吧，我跟着《海洋说》来吟唱好了。"察觉到对方仅仅是一条傻乎乎的"米沙"，艾尔肯可不想跟它纠缠。

"教你唱歌的，该不会是这群说话奶声奶气、唱起来老是跑调的小鱼吧？"盯视着艾尔肯的白肌银鱼，赤色小鱼毫无顾忌地说。

"是的。但你应该尊称它们为《海洋说》，海灵的海言吟唱都是从它们这儿学到的。"艾尔肯耐起性子向它解释。

"真没想到，连海灵也会这般不分好坏，跟一群不会歌唱的鱼儿学唱歌。"它越说越是激动，"你……你是在侮辱音乐，你公然践踏艺术！"很显然，它已经接受不了自己的臆测。

"这真的不能算是音乐，不要以为哼出拖点儿尾音的就是唱歌，完全不是那回事。这只是海言的发声读法，如果练习得足够成熟，吟唱海言是可以不用出声的……"说到这里，艾尔肯醒悟到不能再在这个问题上跟它继续执拗，便赶紧岔开话题，"除了唱歌外，你还擅长些什么？"

"当然是喷火啦，我们喷火鱼天生就是燃烧生命的艺术家！"一说到喷火，它更是扬扬自得，"现在，我已经是喷火鱼喷火协会的会员了，我能喷出形状不同的美丽火焰！"

艾尔肯开始感到有趣，于是说："那么，伟大的喷火艺术家，能否给我表演一下？"

喷火鱼也不推辞，摇曳着火焰般的身姿，它游到艾尔肯前边的一块岩石板上，鼓起嘴使劲一喷，一团蓝绿色的磷火立即在水中燃烧。磷火逐渐燃烧成海星的形状。

"哈哈！好一个'豪火球之术'，不错不错！"作为《火影忍者》迷，艾尔肯禁不住大声喝彩，"你是了不起的忍者鱼！"

于是乎，受到鼓舞的喷火鱼再次鼓大肚皮，一口气喷出更大量的磷火——球状的大火团不断在燃烧中扭曲，最后竟然变成一只有模有样的在水中燃烧的蝙蝠鱼！

燃烧吧——看得出神之际，艾尔肯仿佛听到有个声音在火焰中发出怒吼。

"不好了，石油，是石油！"幡然醒悟一般，艾尔肯大声惊呼，"烟囱浴……烟囱浴要点燃黑井的石油！"

"你说什么？"白似水的声音从远处像波浪般涌来——话音还未消失，她便已经来到艾尔肯面前。

"烟囱浴，点燃黑井的石油，可能就是他的目的！"艾尔肯紧张地说，不过他随即否定了自己的想法，"可是，他哪来的火呢？这可是在水里呀！"

"不，你这想法可能性非常大。"白似水脸色凝重地说，"还记得我让红澎澎带你去看的那座火山吗？"

"记得，在潟湖里面，那是一座沉睡的海底火山。"说着，艾尔肯脑海一闪，似乎想到什么，"噢！那天……我好像，好像……"

见他吞吞吐吐的，白似水催促说："直说就好，没关系的！"

"嗯，是这样的。"理了理思路，艾尔肯说，"那天，红澎澎带我到潟湖去看，快要离开时，不知为何，我心里突然有些不安，感觉就像有谁在附近窥探，犹豫着到底要不要说——那时，我跟红澎澎还不熟络，怕被她笑话——由于红澎澎很快就带我离开，我就没当回事了。"

"这应该是你海灵之力对潜在危险的自然反应。"白似水说，"照你这么说，烟囱浴那时已经在火山附近了？"

"我不敢完全确定，但现在想来，可能性很大。"艾尔肯有点紧张地说，"如果真是烟囱浴，他或者是想……"

不等艾尔肯往下猜测，白似水便断然打断说："火山一旦爆发，引发的地震必将波及黑井，大量泄出的黑水也会被点燃。如此一来，不但众多的海洋生物会失去生命，甚至会引发整片海域的巨大失衡！"

"他为什么要这样做？"艾尔肯很是不解，"这样做，他又会得到什么？"

"一旦大面积的海域因丧失生命之力而引发'死海'现象时，我的灵力就会遭到削弱，到了那时，烟囱浴就有可能乘虚而入，吞噬你和红澎澎的灵力，甚至，他早已打起我的主意了。不好，他已经出现在火山那边！"想必是白似水强大的海灵之力已经感应到了海魇魔，话才说完，她便唤来洋流疾驰而去。

"我也去！"

艾尔肯急忙跟出溶洞，留下不知就里的喷火鱼，呆头呆脑地张着嘴巴待在原地。一到外面，艾尔肯便遇见了红澎澎，但白似水却已远去得不见踪影。来不及解释，他一把拽住红澎澎并唤出洋流，往火山方向奔涌而去。

"烟囱浴……"隔着老远，他们便听见泅真绿的声音，"我的老朋友，快醒醒吧！"泅真绿的喊话声中尽显疲惫。

很明显，这是他与海魇魔的较量中，过于耗损灵力所致。在白似水来到之前，双方其实已经进行过一场短暂却剧烈的遭遇战，此刻，泅真绿背后的"绿叶尾巴"基本都泛黄了，边上一左一右的两条更是几近干枯。

"泅真绿，先歇一歇吧。"一旁的白似水沉声说，"你是知道的，一旦魔化，他便已经不是往日的海灵烟囱浴了。他完全无法听得进去。"白似水用她洁白的鱼鳍向着泅真绿轻轻一扇，一股淡青的具有蓬勃生命力的灵力清流将他托住。只一会儿，泅真绿的痛苦和疲态已经缓和不少。

这是艾尔肯第一次真正地面对海魇魔烟囱浴。与上次在黑井见到他时的样子迥然不同，现在，烟囱浴已经显露出原本的形态：作为一条蝙蝠鱼，他将近八米宽的身体不算很大，但不知为何，他浑身上下竟然乌黑一片，哪怕现在还是正午，从远处向其所处的方位望去，那边的海水阴郁得如同暗夜。有那么一瞬，艾尔肯的目光竟然失去焦点，眼前只余一片虚无混沌。

究竟是黑暗将他缚住了，还是他本身就是黑暗？艾尔肯不禁疑惑。

值得庆幸的是，在与泗真绿的战斗中，烟囱浴的力量已经被泗真绿消耗了不少，以至于他右边的半边身体，干瘪得酷似充分晾晒的黑色鱼干。现下，他在水里的平衡明显有些狼狈，左摇右晃的。

"海灵之力，我要……更多……要更多灵力！"

他沉闷的声音在低吼。他的一双眼睛散发出暗红光影。从这双眼里，艾尔肯能够感受到，烟囱浴的内心除了充满对灵力的渴求外，更饱含着深沉的憎恨。

突然，那双眼睛向着艾尔肯狠狠一瞪。

艾尔肯当即往后倒下——深沉的憎恨形成一股巨力，把他推倒在昏暗的虚空中，爬起身时，他发觉自己竟然变回人类的模样了！

但艾尔肯并没有为此感到高兴。他的感观在刹那间似乎只剩困惑与惊恐。他四下张望，发现自己已经孤身一人，他大声呼救，口中的舌头像被割掉一般说不出话，他胡乱地拔腿便逃。"人类……可恶的东西，不配拥有海灵之力！"一个愤怒的声音在他耳边鼓荡。那双暗红的眼睛从后追至。随着一道张牙舞爪的黑暗波涛从他身后升起，四周的空气瞬间稀薄。孤独、恐惧、不安、无助……各种负面情绪纷纷扰扰，不由分说地扎入他的内心。他跌跌撞撞，像只野兽般四肢着地狂奔乱爬，直至筋疲力尽。他好想变回地图鱼，那样的话，他便能够唤出水流，逃出这片密不透风的被憎恨支配着的所在。有那么一刻，他居然讨厌作为人类的自己！

跑着爬着，他感到脚底被什么东西绊了一下，再次重重摔倒。

当他重新抬起头时，他发现自己已经变回地图鱼了。但四下里依然暗黑混沌。

"够了，给我停下！"红淅淅大声说，"你的定力去哪儿了？"

"红淅淅快帮我，这里太可怕了！"他终于可以开口说话了。可是，从尾巴开始，有些东西已经缠遍他的全身。

"大傻瓜，那是海魇魔释放的力量，你的内心被迷惑了。"红淅淅只来得及解释这句，下一秒，他们面前便出现一个巨大的青色漩涡——白似水正开始施展海灵之力。

只是一会儿工夫，弥漫于四周宛如有形之物的黑暗，通通被吸入漩涡之中。光明随之恢复。但身处漩涡附近的他们却一点儿都没有受到影响。之后，漩涡化作一道凌厉的激流，旋转着冲向对面的海魇魔。见艾尔肯恢复过来，红淅淅也松开了缠绕在他身上的海带藻——那是为了制住艾尔肯胡乱动弹的。

烟囱浴猛然旋转身体，扇出一道急迫的黑色激流反击。两道激流在途中相遇，但只较量了片刻，青色激流便将黑色激流完全吞没。烟囱浴只好唤出洋流，以迅捷鬼魅的身姿躲避青色激流的穷追猛扑。然而在白似水的灵力驱使下，激流化作一尾长了眼睛的青色水鲨，在海魇魔身后如影随形。越是追逐，水鲨便越发雄壮，青光幽莹如具灵性。眼看水鲨快要咬住海魇魔时，一颗翠绿的水泡适时将艾尔肯和红淅淅包裹起来。

"是泗真绿的。"红淅淅说。根本不用察看，她便感应出来了。再次身处泗真绿的灵力水泡，艾尔肯感到自己就像重病之人不知为何突然就康复了一般，刚才那些被施加的负面情绪，瞬间消弭于无形。

与此同时，水鲨兜头兜脑地朝烟囱浴狠狠咬下。随着一声如同天雷轰炸的巨响，海水汹涌四散剧烈动荡，附近的巨石被掀得到处乱滚，眨眼间，整

片海域变得混浊迷茫。

一刻钟后，当那些被涌起的泥沙和石子纷纷落下，透过渐渐变清的海水，艾尔肯见到身在前方的烟囱浴——相较之前，此刻他的身体干瘪得愈加厉害，已经缩小了一大圈，浑身打着皱褶，远看与一把烧焦了的葵扇别无二致。不过从他眼里迸发出的狠劲来看，他似乎还没彻底败下阵来。

"烟囱浴，跟我回去吧，我会想办法，让你重新恢复海灵之身的。"缓过气来的泅真绿仍然不愿放弃。

"我要……我要海灵之力！"即使到了这般地步，海魇魔烟囱浴仍然低声粗吼。他突然唤出一小股激流，向着后面的火山口飞快窜去。

那是一座沉睡的海底火山。火山口也被冷却的岩浆层层覆盖。可要是任由烟囱浴把他残存的狂暴力量灌输进去，最终会产生什么样的后果，那是谁也说不准的。最大的可能是让火山轻微颤动一下。但也有彻底爆发之虞。艾尔肯急了，他唤出自己的《海洋说》，吟唱起御使旋涡的海言。

可惜失败了。他的灵力还不足以支撑这样的消耗，哪怕是白似水，也无法接连施用。

"红澎澎，快点！"白似水喊道。

不等白似水吩咐，红澎澎已经发动了她的灵力，白似水话音刚落，烟囱浴的周围便凭空出现一片红色的"蝌蚪"——它们的体形只有拇指那么大，但胜在数量众多，如同成群结队的蜜蜂，它们将烟囱浴团团裹住，七嘴八舌地发出类似青蛙的鸣叫，声音极是刺耳。即便隔着老远，艾尔肯也觉得意乱心烦。

"好在，被这群家伙围住的不是我。"他暗自庆幸。

"呱呱，呱呱，快逃哇，快逃哇，呱呱呱……"它们确实让烟囱浴失去方向而停了下来，但巨大蛙鸣声仅仅喧嚣了一小会，转而就变成哭爹喊娘的逃亡声，最后还被海魇魔吃了一大片。

"可恶啊,我的呱呱鱼!"红澎澎正要唤出激流冲上前去时,一阵怪异的"嗒嗒、嗒嗒"的声音传来,接着便听见艾尔肯大喊:"红澎澎,看我的!"

此刻,艾尔肯正藏身于一头"大水牛"的肚子里猛然冲向烟囱浴——那是一头绿中透金的水牦牛,不但体格粗壮毛发浓密,那对弯弯钩起的巨大牛角更是威风凛凛。它当然是艾尔肯运用灵力变化的。烟囱浴还没反应过来,牦牛硕大的牛头便重重地将他顶飞出去。

"哞~哞!"向着被撞晕过去的烟囱浴,牦牛喊了这么一句。后来,艾尔肯跟浜爷爷翻译了一下,意思大概是:别了,朋友。

"那……那是什么,我怎么没见过这种海族?"

呆了好一会儿,红澎澎才问了出来。不止是她,就连身边的泗真绿也向艾尔肯投来疑惑的眼神。

"那是牦牛啊,青藏的高原上,它们总是一群一群地出现。"一说到陆地上的事物,艾尔肯便禁不住热情地介绍,"别看它腿短,要是跑起来,比起马也差不太多……"当然了,尽管听众都是海灵,他们一时半会间还是无法弄懂的。

白似水止住了艾尔肯的话头。她转过身来对泗真绿说:"我已经用海草牢笼将烟囱浴封印住,不管他用什么方法修复自身的力量,也会被牢笼上的海草吸收抑制,你大可以放心带他回去,若有什么发现,要尽快告诉我。"顿了一下,白似水接着又说,"烟囱浴毕竟是西金海的海灵,过一些日子,你还是将他送回西金海吧。"

泗真绿神色怅然,他说:"明白,我会处理好的。"说完,带上那只被白似水的灵力缩小到只有足球般大小的海草牢笼与囚禁在里边的烟囱浴,他经鳗鱼洞离开了。

"作为两种完全不同的海族,早在泗真绿与烟囱浴没有成为海灵之前,他们已经相识。"待泅真绿离开后，白似水说，"也是因此，对好友感情深厚的泅真绿一直不愿接受烟囱浴成为海魇魔的事实，他一直寻找他的下落，结果也最终如此。"

"变成海魇魔后，他们还有没有机会觉醒过来，恢复海灵的状态？"艾尔肯问。

"不知道。我们不知道这种魔化究竟出于什么原因。海灵的力量中肯定没有这样的因子。到目前为止，但凡变成海魇魔的海灵，没有一个能进行正常的沟通，更别说恢复海灵之身了。他们的内心完全丧失在浓烈的憎恨意识中，只想攫取更多的海灵之力。"说到这里，白似水转身向东眺望，"现在，我越来越担忧黑井那边，无论会否被海魇魔利用，对东木海来说，那都是一个无法绕开的巨患。"

2

烟囱浴事件之后，白似水决定召集长期居住在这片海域的海族首领，还有那些脑瓜子聪明的海米一起开会，商讨黑井问题的根本解决方法。

会议当天一早，形形色色的海族动物纷纷来到会议的所在地——黑井，仿佛是相约一起前来聚餐一般，它们通通绕着井洞上方围了密密匝匝的一圈，场面甚是热闹。艾尔肯心里觉得，将此次会议称作海洋动物展览会也未尝不可：默默数了一遍，不算他和红涔涔以及白似水，出席的动物居然有一百九十三种，共计三百七十只！会议还未开始，它们交头接耳的劲儿早已迫不及待地拉开了。

"此次作为白珍珠纪第二百个满月日召开的'海洋大会'，这么特殊的日子，听说会得到大海灵派发的纪念贝壳哦。"刺鱼湿喇喇歪着脑袋跟旁边的黄花鱼洄洄说。黄花鱼心里则十分清楚，湿喇喇一心只想拿着那枚代表着荣誉的贝壳镶嵌在精心布置的巢穴中，以此来勾引更多的雌性刺鱼进去产卵，仅此而已。对于与会的真正目的，它早已抛诸脑后。

"你这么一说，我倒是非常期待会议结束后的点心，要是能吃些鲜美的大龙虾就更好啦。"龙胆石斑鱼滴滴溜亢奋地大喊着说。幸好远在黑井对面的龙虾王根本无法听见它说了什么，不然，一场捍卫尊严的战斗恐怕在所难免。

"会议完结，不上点心。这样的规定你不知道吗？你该多打听一些海洋史。"隔着好几尾鱼儿的帝王蟹汗森，它一边说话还一边猛啐泡沫。

"为什么不能在那个时候吃点心？"艾尔肯很是好奇。由于白似水还没到来，他便一直仔细听着周围动物的交谈，一旦遇到感兴趣的，便立即凑上去问个究竟。比起独自看《海洋说》，这可有意思多了。

"事情发生在西金海，时间是在海龟纪第七百八十七次产卵期，那会儿也像今天这般，召开海洋大会来着。会议结束后，大海灵湘蕉六世喊了声'请用点心'，结果就造成了悲剧。"汗森用两把大钳子抹了抹眼角的眼泪——它其实没有眼泪流出——但它认为，这个动作可以对那段历史表示一点哀悼之情。

"为什么一句'请用点心'，就导致悲剧了？"艾尔肯还真是想不明白，悲剧是如何与点心挂上钩的？

"我刚才忘记说明，那位大海灵其实是一头老海牛，他给每位参加会议的海洋动物都上了一份海草。"帝王蟹再次抹了抹没有眼泪的眼睛，"你是知道的，有些动物不吃那玩意儿。所以他说'请用点心'后，虎鲸那个大家伙就把身旁的一众小鱼代表当成点心，一口吞进肚子里。"

艾尔肯恍然大悟："那可真是个大大的悲剧。"

"可不是么？才刚辛辛苦苦地开完大会，连一份海草都没来得及咽下，湘蕉六世又要忙着开追悼大会了。对于一位大海灵来说，这可真是一场悲剧。"帝王蟹再次抹着眼睛说。看来，它对"悲剧"的理解，与艾尔肯存在不小的差异。

"在此，我想声明一下。"此时，黄貂鱼沃尔沃从海族群中游出来并大声说，"那只蝙蝠鱼烟囱浴，他可不是我的什么亲戚，虽然我们样子确实有些相似，但他与我一点关系都没有。从来都没有。"

话音刚落，全场立刻嘘声一片。

对于这些总喜欢横冲直撞的黄貂鱼，艾尔肯其实没有太多好感，但他还是不明白，一众的海族动物何以生出如此大的反应？好在，旁边的八爪鱼滑汀汀向他道出原委："沃尔沃真不是什么好鱼，在烟囱浴还没变成海魔魔前，它总喜欢在其他鱼儿面前吹嘘，说它们是表兄弟来着。"

艾尔肯再次恍然大悟。

"各位，会议开始，请大家务必肃静。"绕着黑井的上方，红淅淅一边巡游一边提醒一众海族动物。与此同时，一双青翠的水盈盈的眼睛出现在黑井之上——大海灵白似水到来了。艾尔肯赶紧回到白似水身边。

"这次召集大家前来，其目的想必各位都很清楚：由于有海魔魔试图利用黑井的特殊性来破坏这片海域，可一不可再，这个隐患必须彻底解决了。"明白无误地将问题抛出，大海灵绕场一圈，"诸位，若有什么好的建议，不妨一一说出！"

"要不，我们用沙子把整个黑井埋了？"抢先出来提议的，是蓝鲸的首领千层滴。这无疑是一个大伙儿都能想到的办法，因此它必须第一个说出，要是等着按顺序轮到它发言时，它可就没什么可以说的了。

"不行的。沙子这东西过于松散，根本无法密封严实，一旦那样做了，假若将来黑水大量泄漏，反而会大大增加处置的难度。"不出所料，红淅淅立刻否定了这个想法，"大海灵和我都考虑过了，不只是沙子，连石头也不行，这些东西是堵不住泄漏的。"

按照原本的顺序安排，海马首领马蹄溅应该是最先发言的。千层滘这一下子抢位，可把马蹄溅愁坏了，它原来也是指望说出诸如沙子掩埋法、巨石压顶法来完成此次的发言任务，根本没往其他方面多想。看着暗自得意的千层滘，它心里那个气呀，支支吾吾了好一会，马蹄溅终于计上心头："我提议，让千层滘招集它所有的部众，一起将井下的黑水全都吸出，它们胃口之大大家都有目共睹，完成这项任务只是举口之劳！"

"真是一个了不起的建议，我十分——不，我一百分地赞同！"此时，远在对面的虎鲨沙通天，迫不及待地出来大声附和，"千层滘族长，伟大的蓝鲸首领，为了海族们的长治久安，你肯定义不容辞吧？"口中振振有词，沙通天心里却在想：黑水一定会把这些傻乎乎的大家伙毒死不少，那样一来，自己的部众便能称霸这片海域，得到更多食物。

"不行，黑水实在太古怪，我们吃了不仅会拉肚子，还会有更大更严重的伤害，不行不行！"千层滘强烈反对，认为再没有比这更糟糕的建议了。

"我有一个对谁都不会造成伤害的方法。"一只名叫芝麻湖的乌贼海米游出来，一本正经地说，"让我对着井口讲恐怖故事，那样一来，没准黑水就不敢冒出来了。我先讲一个……"众所周知，芝麻湖确实有很多恐怖故事，像什么《在墨汁里迷路的小螃蟹》《蓝色水母林》《关进鲨鱼口的小鱼》，等等，要是任它随便说，它可以说到大家全都睡着。

"我相信大家会有兴趣听你讲故事的，只是要改天才行。"红澎澎无奈将它打断。作为召集者，她可不想让这次讨论会变成故事大会。

3

如此这般，一众海族讨论了半天，却依然没有找到什么好法子。这样的结果实在让大伙儿失望。其中最失望的，莫过于老海龟浜浜硬：从刚开会的那会儿开始，它就不停地品尝附近的枯海草，除了品出满嘴酸臭外，"这里的水草确实不能做罐头"，便成了让它最失望的定论。而这样的定论免不了惹来一众海族的肆意嘲笑。但它并没有在意。偶然间看到千层滈头上黏着一小撮海藻，于是，它悄悄溜上蓝鲸的头顶。

恰在此时，千层滈说："实在憋得慌，我得上去透透气。"离它上次浮出海面呼吸的时间已经过去很久，它确实不想再忍——也忍无可忍了。

"无聊的会议总是没完没了，要是我憋死了，没准儿，它们真是会用我的身体堵住黑井呢。"千层滈一边想一边急不可耐地浮出海面。它重重地喷了口气。或许是憋得太久，刚开始呼气的时候它觉得鼻孔好像被什么堵住一般，不过仅仅只是一下，随即便通畅了。

千层滈不知道的是，它这一出气，却把还在它鼻孔边享用海藻的浜浜硬吹上了天。在离开海面十几米的空中不停翻转身体时，老海龟第一次在白天看到了星星——晕得眼冒金星——它只感到云在转、海在转、云里的海鸟也在转，就连星星里的渔船都在转个不停。真的有渔船来了？还没来得及看清，老海龟掉回海里了。

"渔船，旋转的铁罐头，渡渡，有渔船，有铁罐头呢，渡渡。"浜浜硬沉回黑井倒在剧烈讨论的海族动物群中，口中一直乱七八糟地念叨着。

"它究竟想说什么？"一直保持沉默的老蝙蝠鱼泗边沾忍不住问。由于同是蝙蝠鱼的烟囱浴变成海魔魔的缘故，为免引起不必要的麻烦，它一直一声不吭的。

"肯定不是讲故事，我才是真正的故事大王。"旁边的芝麻湖应道。让它念念不忘的只有故事。

"铁罐头，渔船？我，渔船？"艾尔肯喃喃自语。

他思考着浜爷爷想要表达的真正意思。虽说浜爷爷一向有些神神道道，但艾尔肯清楚，它内心其实并不糊涂。

"不就是看到一艘渔船嘛，我也看到了。"透气回来的千层滈倒觉得没什么，"它可不敢来这边，已经在很远很远的地方游过去啦。"许多海族动物一直都这么认为，人类的船只都是会自己游来游去的大动物。

"哦，明白了！"回想起刚刚来到海洋时阻止渔船捕鱼的事情，艾尔肯说，"浜爷爷是想跟我说，要吸引人类的注意。"接着，他把那次让海豚帮忙引开渔船的做法告诉了大家。

"黑井的隐患毕竟是人类留下的。比起我们来说，他们更有能力处理，也非常应该处理好它。"白似水思索着说，然后又叹了口气，"可是，由于多年前的事件，为了阻止人类相互争抢而引发更大的灾难，我长期地在此处掀起巨浪，致使所有的船只都不敢进入黑井周边的水域。就像刚才浜浜硬所看到的，所有渔船都会刻意地绕开这里。"

听到大海灵这样说，海族们又七嘴八舌地议论起来。

"要做些什么，才可以让他们重新过来？"

"一旦来了，会不会又马上打架？"

"曾经有个鲣鱼的大家族，它们在海里游呀游，就莫名其妙地被那些铁壳船给炸灭了，可怜呀！"

"黑水泄漏是人类弄出来的，为什么承担后果的却是我们？"

"就算来了，他们能明白我们想要什么吗？"

"我可不想被不明不白地做成三文鱼刺身。"

"他们老爱吃龙虾啦！"

"还有螃蟹、牡蛎、象拔蚌、石斑鱼……不分种类不管大小，他们总爱吃个没完！"

"罐头，不明不白的罐头，不论对错的罐头……罐头吃罐头。"

……

红溯溯当然也认真思考着这个问题。虽然她不喜欢甚至讨厌人类，但也不得不承认，若是能够找来一些人类帮忙，运用他们的特殊方法处理这口黑井，确实是目前最好的选项。她说："天气好的时候，偶尔也会有船在离黑井不太远的地方经过，要是我们能吸引他们过来，甚至留住一两只……"

　　"太棒了，弄沉一两只，甚至三四只，把它们丢到黑井下面！住在铁皮船里，光想想就让我兴奋得不行。"皮皮虾沽噜钓的话语几乎淹没在议论声中。

　　"不管用什么方法，记住，"虽然白似水对人类的了解也不多，但她还是强调说，"没必要和人类发生冲突，只需要把他们的注意力引到水底下就行！"

　　"我们海豚的舞蹈仅仅只是愉悦人类，却无法告诉他们任何信息。"一条被艾尔肯忘了名字的海豚首领冷不丁地冒了出来，并用海豚式的"笑脸"乐呵呵地提醒白似水。

　　"这个倒不难，让鱼群摆出类似'SOS'这些属于人类的文字符号，或是让成群会发光的乌贼闪烁出求救信号，都是容易做到的。"艾尔肯说。

　　"不能让人类知道海灵的存在——《海洋说》里虽然没这规定，但各大海系的海灵们对此早已心照不宣。人类确实非常聪明，但内心也最容易被贪婪占据，若被他们发现海灵和海灵之力的存在，麻烦只会更大！"望着艾尔肯，白似水郑重地说，"况且，人类根本无法听懂海族的语言，哪怕是海灵用上自身的灵力，沟通的双方也要预先建立充分的信任，要找到这样一个合适之人，太困难了！"

　　确实是那样，白似水所说的都是事实。艾尔肯心里清楚，那些与海灵之力一起唤醒的记忆已然让他知道，如果渡渡不能与当初还是人类的自己建立那种深信对方的羁绊，渡渡和浠奇蓝都将无法把他们的想法投进自己的内心！也因如此，作为海灵之力的知情者，他成为海灵——也成为鱼儿——他已经无法像过往那样说出人类的语言，尽管还能听到人类说话。他为此感到无奈。

　　白似水再次深深地看了一眼艾尔肯，然后微笑着说："在不让人类发现真相的前提下，还是可以暗地里使用一些灵力的，让他们以为只是极端的自然现象就行。"

　　红洇洇瞟了一眼艾尔肯，说："可以让海豚们集体起舞，可以让鲸鱼们一同喷水，只要能吸引他们前来，可以……"

　　红洇洇的话突然启发了艾尔肯，他打断她说："如果能用上灵力，我们就可以炮制一场魔术般的海洋生态奇观，让各种鱼儿在这里聚集，让海藻长出海面，人类最是好奇，一旦发现这片海域的独特之处，说不定就会有科学家前来研究，到时候，黑井的隐患一定能被发现的！"

　　艾尔肯越说越激动，绕着白似水和红洇洇游了一圈，他大声说："就叫作'海之戏法行动'好了。"

　　"'科学家'？能吃吗？我倒是蛮喜欢'海之戏法'这个名字的，虽然我不知道'戏法'究竟是种什么样的东西。"

　　"'海之戏法'是要比谁的鱼鳞大块吗？那我可参加不了。"

　　"难道，我们不是每天都在运动吗，行动也是运动的一种吗？"

　　"行动的目的是为了吃得更多吗？"

　　"今天早上起来看到太阳的时候，我就知道啦，这可是个适合'行动'的日子。"

　　……

　　海族动物们似乎都乐于接受发起一场"海之戏法行动"的这个提案，只不过，它们对此的理解所产生的落差还是挺大的，甚至风马牛不相及。对于这些，艾尔肯也懒得解释。听之任之就好。

4

功夫不负有心鱼。"海之戏法"实施一些日子之后,昔日这片被人类遗忘了的无风三尺浪的危险海域,终于重新引来人类社会广泛的关注。

泰国大象电视台是这样报道的:

"去祈求神圣白象的原谅吧!那些讥笑它们为昂贵而无用之物的人,则可以自打嘴巴。左右各打三下好了。赶快去朝圣去膜拜它们的真容吧,此刻,它们正身处那片平和安乐的海洋之中。带着虔诚的内心吧,它们会从夕阳里向你踏浪而来!"

美国大西洋公牛电视台是这样报道的:

"你同时见过上百头巨大的蓝鲸浮出海面吗?想象一下它们一起喷水的画面,是不是很够壮观?如果你认为,这只是加强版的水上乐园罢了,那就再增加几百上千条黑白海豚同时跃出水面、此起彼伏地与鲸鱼喷出的水柱比高吧,只要你没有密集恐惧症不怕被吓尿就行。我当时就被吓尿了——哦,这句可别当真。什么?你觉得还不够有意思?好啦好啦,没问题,再加入一大群一大群的飞鱼吧,它们才是真正的海鸟,能在天空和水下自由飞翔的海鸟。

"自然界中,是什么样的力量在指挥着如此巧妙的表演,难道,你还认为这只是巧合?我无意引起恐慌,但个人认为,如果不是某种外来力量所致,一切无法解释——外星人,恐怕离我们不远!"

法国公鸡电视台是这样报道的:

"在水中翩翩而游时,它们看起来就像温柔的天使;蹿出海面滑行于空中时，它们到底是史前巨兽还是一只只由魔鬼变成的吸血蝙蝠？我无法甄别。但理智还是告诉我，那只是一只只实实在在的大蝙蝠鱼而已。只有身临其境，你才能体会我是如何被震撼到的！"

日本河童之声电视台是这样报道的：

"你是如此见多识广，很可能，你已经见过了陆地上几乎任何的丛林。但你见过海底下的丛林吗？那些巨型大藻长得如同丛林里的巨树，一丛丛一片片，居然由海底直接生长到海面。如果我再告诉你，巨藻丛林内有时会莫名其妙地燃起熊熊烈火，但大火过后，丛林却安然无恙。总之，请你不要认为我疯了，我没疯，我说的只是事实，绝对的事实。事实而已。"

中国香港孔雀电视台则是这样报道：

"那是一片广袤而神秘的海域，据说在三十多年前，一阵巨大的龙卷风掀倒一个正在作业中的油井后，无风翻巨浪的日子便经年累月。此时此刻，那个地方又再次彰显它的神秘莫测，在此希望游客们在探险猎奇的同时，多一些对大自然的敬畏，多一些谨慎，也请多一些思考为什么……"

……

这些来自人类不同国家或地区的报道以及在广泛社会范围内所造成的影响，艾尔肯注定是无法看见和感受到的。但他却有更直观的体会——到这里来的人已经越来越多——尽管还没见到真正主动关注黑井泄漏的。再等待些时日吧，人们是如此珍惜和热爱自身所处的大自然，他们一定会发现并解决这个问题。对此，他深信不疑。

但话又说回来，取得这样的成绩，过程真的相当不易。

红淼淼一开始便提出：首先得改变人类的观念，要让他们觉得，这片海域早已没有巨浪，也只有如此，向来谨慎的人类才会安心进入并在此逗留。她想到一个不错办法。她让海龟一族和海牛一族帮忙，先将那些散落在周边的大海藻整棵整棵地迁移过来，以黑井为中心，在周边的海域里，运用海灵之力催生出巨大而茂密的大藻丛林，并让大藻几乎长到水面。这个做法的好处显而易见，它能直观地告诉那些有航海经验的人，此处风平浪静的日子已经旷日持久了。不过，这同时是个非常费时耗力的做法。为了尽快"造林"成功，白似水让海族动物们从溶洞中迁出一部分巨藻——由于受到海灵之力经年累月的涵养，那可都是些生命力特别旺盛的珍贵藻类！功夫不负有心鱼，一天傍晚，两艘途经附近的渔船终于发现生长在透明海水下的巨藻丛林。趁他们开着渔船好奇地到处察看时，艾尔肯找来了不少喷火鱼，他先让它们隐藏在一丛丛的大藻内，然后伺机一起喷出大团大团的磷火。磷火当然不会烧毁海藻丛林，更不会殃及渔船，但海底植物着火焚烧的景象，却是足够独特的。船上的渔民顿时大声扰嚷。

抓住一些零散船只的靠近之机，如此这般反复数次，逐渐地，直接冲这里来的船只多了起来。为了让精心炮制的"海之戏法"更具魔幻效果，也为了掩藏海灵之力，艾尔肯总是选择在每天的黄昏才开始行动。作为此次海之戏法的总指挥，艾尔肯心里非常清楚，想要获得人们的长期关注，出人意料的自然现象最好能够层出不穷。于是，在海族们的热情配合下，一出出令人匪夷所思的海洋奇观不断上演：

在喷火鱼火烧海底丛林的戏法得到不少海族的称赞后，沉默许久的老蝙蝠鱼泗边沾不再沉默了。它不想让烟囱浴事件的负面情绪继续在族中蔓延，为了振奋鱼心，自告奋勇地，它带领族中那些身体超过十米的大个子，它们在清澈的海水中列出大雁飞翔的阵形，井然有序地在人们眼皮底下遨游——想想看，在黄昏时刻，在幽暗巨藻丛林的深处，游弋出一只只巨大的蝙蝠鱼，晚霞将尽时，它们竟然跃出水面展翅飞翔，如同史前巨蝠一般，最后消失在迷蒙的夜色中。船上的人们惊得鸦雀无声。他们永远不会知道，这只是艾尔肯和红淼淼海灵之力结合后的效果。人们惊叹，海洋进化出了真正会飞的鱼类！

一直以来，象拔蚌一族在众多海族中总显得默默无闻。这一次它们再也按捺不住了。原本，在海洋大会召开之时，它们的首领水满嘴就想借着发言来引起大海灵对它的重视。它绞尽脑汁，也确实想了好几套发言方案，无奈它一向行动迟缓，说话声音又细小轻柔，还未轮到它发言，会议已告结束。为了整族的荣誉，水满嘴找到了好友——大海牛洪七哞——一番密谋后，它们别出心裁的行动法子，连艾尔肯听了都禁不住跃跃欲试。那天下午，海域上第一次迎来人类的大型邮轮。迫不及待的游客早已站满甲板，期盼目睹那些传闻中足以填满他们好奇心的海下奇观。艾尔肯当然没有让他们失望。看呀，往那边看！不知是谁喊了一声。迎着西沉的夕阳，在由一片片巨藻丛形成的弯曲水道中，缓缓走来一只灰白的有着五条腿的怪物！人们屏息敛气，胆小的已经蒙住双眼。怪物一步一步，从容淡定地行走在透明的海水下，等到它稍微靠近邮轮，人们方始看清，那是一只巨大而圣洁的白象。由于刚才夕阳炫目，也由于相隔太远，人们把它的象鼻子误看成另一条腿了。摆荡着修长的象鼻，白象四只巨大的象腿凭空踏水悬浮，它迈出的步伐是如此从容与高贵，随着它的走近，一只身形优美但个头相对较小的白象从另一个方向走了出来。或许是相约黄昏后吧，它们钩住彼此的鼻子，慢慢步入巨藻丛林深处，消失得无声无息。

随着海族动物参与的热情越来越高涨，类似的戏法表演当然还有不少。而前天晚上的那场作为压轴演出的大戏法，则是最最精彩的。哪怕已经过去两天，那萦绕在艾尔肯心头的激动依然难以平复。

当天也是吸引最多人类前来观看的一次。沿着这片海域的三个不同方向，停了三艘大型的豪华邮轮。另外还有一艘比普通渔船大点儿的。肯定是搞研究用的船只——看着那些扔进海里的大大小小的仪器，艾尔肯心知肚明。

开始吧——艾尔肯喊了一声。探出水面望着阴影中的邮轮，他暗自嘀咕：但愿这次的"期末考试"能拿个满分。然而此刻，在他的内心深处，却生出一丝丝不大对劲的感觉——他开始有些莫名的担忧。当然了，他担忧的并不是戏法表演得精彩与否——事实证明，他们的努力已经引来不少关注。那些好奇且胆子大的人，早已潜到水下一探究竟。也陆续见到一些看似科学家的过来取样——对于那些搞研究的，他一眼就能分辨出来。这与他爸爸是一名地质学家不无关系。也当然有人到过黑井那边，并且已经三番四次了。但到目前为止，他依然看不到那些真正想要处理黑水泄漏的人。

随着时间不断地往后推移，有些东西在慢慢地摇晃他信心的基石。

"继续努力吧！"似乎也觉察到什么，但白似水还是鼓励他们，"只要能让人类持续地关注这里，就一定会有真正关心黑井问题的。毕竟，这片广袤的海洋能继续美丽富饶下去，也是人类所需要的。"

于是，艾尔肯和红溦溦愈发铆足了劲儿。

夕阳是红彤彤的，波光微粼的海面宛如铺了张金黄的鱼鳞地毯那般，直至天际。随着艾尔肯的一声令下，分散在四下的上百头大蓝鲸纷纷浮出海面，它们一起往空中喷出高高的水柱。与此同时，黑白海豚一族的成员，从水下此起彼伏地跃出水面，仿佛要跟蓝鲸的水柱一比高下。静默的海面霎时间热闹起来。船上的人们欢呼雀跃，他们有的手搭凉棚，有的拿起望远镜，更多的则是拿起早已准备好的摄像工具，捕捉这种千载难逢的奇异图景。一些调皮的小海豚游到邮轮的旁边，在水面上跳起它们最擅长的海豚舞。随着鲸鱼不停地喷水和海豚的跳跃，水雾开始在海面上弥漫开去。也就是在这个时候，一群群飞鱼从水雾中跃出水面，飞往各个方向。如果说，蝙蝠鱼在海灵之力的帮助下在海面上滑翔算不上是真正的飞行的话，那么，总结了经验的艾尔肯和红淙淙，他们这次简直要让飞鱼直接变成翱翔天际的鸟儿：朦胧的水雾中，成群结队的飞鱼一路上升，它们带起的水花纷扬飘洒，在越过大邮轮的船顶时，它们滑翔出了近乎完美的弧线，之后才悠然自得地回落海里。船上只剩惊叹的人们。夕阳在惊叹中沉入大海。海面上，水雾愈发朦胧。

　　暮色逐渐深沉。当最后的余晖完全隐没在天边时，鲸鱼、海豚、飞鱼……倏忽间踪影全无。方才还热闹热烈的洋面，顷刻间变得寂静。但水雾依然在四下弥漫扩散。不知何时，一枚泛黄的月亮挂在了暗蓝的天边。今天是满月。风乍起，波浪随风翻滚。水雾非但没能随风飘散，反而愈发迷离飘忽。一团蓝绿色的火光突然从海下燃起——那是水下的一处巨藻丛在着火燃烧！接着又不断有起火的巨藻丛。海面之下，火光星星点点，明灭不定。好比有人说月亮着火了一样，这也是令人难以置信的事实。四周鸦雀无声。或者是巨藻的燃烧唤醒了沉睡在水底的怪物，一阵深沉压抑的吼叫突然从海底深处传出水面，还没等人们反应过来，浓雾中便出现了一只身形巨大模样就像鲸鱼的怪物。那是鲸鱼怪！它整个身体几乎浮在水面上，一双眼睛蓝幽幽的，身上还有些深浅不一的斑纹。刚刚出现时，它的个头便已经不小，待它在水上快速游弋了两圈，就变得愈加巨大。它低吼着，张开满口森森獠牙的大嘴，狂暴地扑向其中的一艘邮轮。

　　其实，当巨鲸怪刚一出现时，所有的船只都开始撤离了。但邮轮启动的速度实在太慢，眼看它即将被怪兽吞噬之际，浓雾中又出现了一条巨大的彩色的鱼儿！那是一条地图鱼——慌乱奔跑的人群中，不知哪个游客大喊出声。甫一出现，地图鱼便紧紧咬住巨鲸怪的尾巴，将它往回扯离邮轮。巨鲸怪猛力甩动尾巴，不住怒吼，它正想回身反击，却不料地图鱼敏捷的一个转身，一尾巴重重地拍在它的身上。

　　雷鸣般的欢呼从船上响起。

然而，变化快得实在匪夷所思，欢呼声还来不及落下，所谓的巨鲸怪便已经化作一缕轻烟，随风消散在泛黄的月光中，而那条被人们当作英雄看待的地图鱼，也一并被海风吹散成一蓬一蓬的海草，纷纷扬扬撒落在邮轮的甲板上，刚才还一直萦绕不散的浓雾，只一会儿工夫，便已消失得荡然无存。船上的人们面面相觑，愕然不知所以。

当海面彻底平静下来时，不知从哪里传来了歌声，那歌声时高时低缥缈不定，宛如海面上去而复来的风，不过，侧耳倾听之下，艾尔肯依然能听得一清二楚——那是用海言吟唱的：

幸福花朵，[①]
欣欣焰火，
播散慈怜，
促成福攒，
从心需索。
真理之声，
天样清澄，
永恒精灵，
行处光明。

随着歌者反复不断地咏唱，歌声渐渐变得清亮悠扬。此时，艾尔肯也终于察觉，歌唱者那如金似银的歌声还拥有着某些神秘的力量——某些他不知晓的有别于海灵之力的力量。

---

① 摘自歌德的《浮士德》。

现在我们已经知道，海之戏法的施行之所以如此顺利，在很大程度上，是各式海族动物热情参与的结果——自海之戏法启动以来，一传十十传百，更多的原本身在远处海域生活的海族为了贡献一分力量，纷纷地自觉组队前来。这种自发的力量也确实帮了艾尔肯很大的忙。可是，随着时日往后的推移，由于参与的海族数量实在太多——不论鱼类贝类、不分底栖水游、不看个大个小、不管卵生胎生……总之，在看似平静的海面下，在这片被划作表演场地的广阔水域内，用艾尔肯的话说——几乎挤成了海鲜大集市！然而，这个情况还不是最坏的。海之戏法无疑已经极大地刺激了海族动物们的神经，于是乎，更多的只是贪图看热闹的好事者，它们从四面八方赶来，层层叠叠的，把整片表演水域围了个水泄不通——在艾尔肯和红洴洴的灵力的共同作用下，围观者们只能在外围观看，暂时无法闯进内里。海族动物的社会行为居然与人类有着如此之高的重合度，这点实在让艾尔肯始料不及。现在，尽管艾尔肯和红洴洴已经意识到问题的严重性，但由于戏法的组织和实施相当漫长耗时，强度极高的灵力运用已经让他俩疲惫不堪（当然，这个过程也大大锻炼了他们的海灵之力）。虽然知道自身的灵力已经难以为继，但他们依然最大限度地运用灵力来调节处于亢奋状态下的海族动物们的行为——失控的后果绝对不堪设想！

　　正当他们为此发愁之际，神秘的歌声真是帮了大忙！随着歌唱者的咏唱，聚拢于广袤水域下不计其数的海族动物竟然陆陆续续转身离开，朝着来时的海域回游时，它们是那么自觉而有序。

　　正当艾尔肯和红洴洴愕然对望、不知何故之时，他们的面前海水中，白似水倏忽现出身形。她说："就当是对你们的奖赏，你们也好好听听吧。这些天来，辛苦你们了！"

　　"究竟……是谁在唱歌？"遍寻声音的来源而不获，艾尔肯只好问白似水。

"难道……她们就是神秘的'人面赤鲻'？"红渺渺有些自言自语地问——放松下来的她已经不再运用灵力去屏隔歌声对自身的影响。她完全地让自己沉浸其中。

"是的，都是老朋友了，怎可以被轻易遗忘呢！"白似水说道。

"噢，究竟是什么歌，太神奇啦！"艾尔肯感叹道。

"这便是'赤鲻之歌'，"望着也开始沉浸在曼妙歌声中的艾尔肯，白似水微微笑着说，"来吧，让歌声抹平这些日子以来的焦虑，也让海族动物们回归正常的生活当中。让这首赤鲻之歌，结束这出了不起的海之戏法！"

然而，如此美妙绝伦的咏唱，人类是注定听不见的。但赤鲻的歌声自有灵性，它能化作清风化作细浪，它能融入莹莹的月华，照进阴郁幽暗的心田。

5

海之戏法结束之后，艾尔肯所期盼的事情却犹如磐石，一直纹丝不动。

到这片海域来观光、捕鱼、探险的，人数倒也不少，一拨紧接一拨，场面甚是热闹。黑井的泄漏依旧不间断地发生，这也是明摆着的事实。但所有的人，好像都视而不见——人们似乎都在忙于那些比这更为迫切的事情。对于这种级别的"海洋奇观"，凭借着对人类的了解，艾尔肯当然知道，全世界的媒体，包括电视报纸互联网等等，在不短的时间内，肯定会产生一个被广泛热议的话题。但遗忘也是必然的。他害怕在泄漏还没封堵处理前，这里就被人们忘得一干二净。那样一来，海族动物们的努力便会付之东流。

对于那些下到海里搞研究的，他特别叮嘱那些海米鱼儿密切留意。它们不断向艾尔肯报告说，海里又来人了，还拍了好多好多的照片——开始时，鱼儿们还是很不适应被近距离拍照的，但拍得多了，居然也学会了摆出亮丽的姿态。也真是难为它们了！艾尔肯不禁摇摇头。

白似水当然没有颁发纪念贝壳给参加会议的动物们。那只是刺鱼湿喇喇一厢情愿的臆想罢了。大伙儿也没有举办什么庆功歌舞会之类的。究其原因，在戏法结束之后，多数亲身参与的动物都产生了不同程度的困乏（哪怕已经得到了海灵之力的协助），而那些在一旁呐喊助威的，也像得了亢奋症一般，过了很久都没能恢复过来（哪怕已经得赤鲕之歌的安抚）。这时候的艾尔肯才真正明白，大海灵为何要亲自过来结束这个费时耗力的戏法——维系海族生命的平衡，俨然不只是吃饱肚子和繁衍后代那么简单。他开始有些切身的体会了。

时光荏苒，后知后觉的艾尔肯惊觉，又到冬天了。从戏法的完结到现在，已经过了三个月，从他来到海洋之日算起，也已经……一年有余了。除开海水冷一点儿之外，一切都没有什么变化——当然包括黑井——它依然是一口偶尔漏出油污的黑井。

这天，他独自在黑井附近的珊瑚礁石上练习海言时，一名潜水员发现了他。

"瞧，那条鱼游得可真快。"一个声音突然出现在那名潜水员的通讯器里，这是他向海面上的同伴发出的。由于艾尔肯是人类的关系，只要运用海灵之力，他是能够听见他们的对话的。

"游得快又怎么样？我们是来寻找人面赤鲕和它们的宝藏的。要是找到了，不管它游得快不快，都会非常值钱！"另一个声音打趣道。

艾尔肯却听得暗暗心惊：根本无法听见赤鲕歌声的人类，又是如何得知神秘的赤鲕曾经在此现身？要知道，哪怕是他自己，也是只闻其声而不见其形啊！但他没有细想这些，与潜水员打了个照面，他马上掉头乘着唤出的水流游走了。这并不是说他感到害怕，他只是急着要赶回珊瑚虫之家。

"红涔涔……大海灵……"冲进溶洞的艾尔肯大声喊叫。可惜哪儿都找不到她们。

"是渡渡吗？她们刚去了泗真绿那儿啦！"大宝螺洸闪闪却出现在此。

"我看到有人来了，就在黑井附近。"望着正自命不凡地闪烁其辉的大宝螺，艾尔肯一边说一边兴奋地再次唤出洋流，"来得正好，不用我到处找您啦。"他带着洸闪闪一同离开。

"你该不会是拿我去吸引他们的注意吧？"洸闪闪将头上的两根触须放在艾尔肯的脑袋上。

艾尔肯没有回答。

"哎哟，果真是这事，我拒绝！我可是洸闪闪，最最高贵的黄金大宝螺，绝不会干这些傻乎乎的事情！你去找黑珍珠蚌帮忙吧。"察觉出艾尔肯的心思，洸闪闪随即挣脱了他的约束。

这下可让艾尔肯为难了，等他找到黑珍珠蚌时，那些人可能已经离开了。

"非常抱歉！"只犹豫了三秒，艾尔肯便发动灵力，他唤出了一只水骆驼，将顽固的洸闪闪裹在透明的肚子里，跑出溶洞。

宛如一辆穿梭在浩瀚海洋中的"救护车"，水骆驼裹着一闪一闪的洸闪闪穿越了幽暗峡谷，跑过寂静的坡地，跨越广阔的平原，最后进入那口漆黑幽深的黑井，用希望之光引导着寻宝之人。

一个月之后，漏油的黑井被完全封堵住了。艾尔肯也是真的走运，居然让他遇到一支由海洋守护者协会资助的探险小队。更幸运的是，当那名潜水员被洸闪闪的宝光迷得眨都不眨一下眼时，一大团污恶的原油突然涌出，敷粘在他的面罩上。

但更主要的因素可能是，白似水和红淼淼得知后，找来了不少让人类为之着迷甚至疯狂的、但对海族动物来说却是毫无用处的东西——那些已经失去生命的蛤蚌珠、黄金大宝螺、红珊瑚、碎碟贝壳，等等。人们在井下找到它们时，如获至宝。

"这次考试，红涔涔，我们好歹及格啦！"望着刚刚被白似水运用灵力填进了不少沙子的黑井，艾尔肯又说了句对方无法理解的怪话。

不过红涔涔已经开始习惯，不再在意了。

第一集完